U0037659

九韵文化

三生煙火，換一紙迷離

泉鏡花／著・王俊、周覓／譯

泉鏡花的幻想小說選集

目次

高棧敷

「高棧數」即高臺。

《 1 》

「可以走過去嗎？」一個青年回頭問道。

他頭戴鴨舌帽，雙手揣在懷裡，一副無所事事、悠然閒逛的樣子。

這是一個春意盎然的週六，太陽快要下山了。就在這種時候，木崎時松沿著大路漫無目標地一路向西走來，正在谷町一帶坡下的窪地裡晃蕩著。他是一位老師，在比強力松地區還要偏遠的某個私立學校教書。

這一帶的住宅區之間還處處殘留著沒有清理乾淨的墓地，穿過住宅區，大路突然沿坡而下，也就是從這裡開始，周圍一下子變得喧鬧起來。兩側的小店一家連著一家，雜亂擁擠，如同被拔掉釘子硬撬開的貨物箱積壓在一起。豆腐店的喇叭聲吵吵嚷嚷，煙袋店的霧氣裊裊升起。小孩四處奔跑，狗快速躥過。

但是，再往前走一點點，看到的就只有搖搖欲墜的長屋了。夕陽下，一個破損的爐灶放在竹床上。鄰家的屋簷下，木條拼成的案板跨過水溝延伸過來。水桶和飯桶亂糟糟地扔在一旁，像是在搞大掃除一樣。門和隔扇上滿是破洞，幾乎沒有什麼東西可供遮蓋。裡面的人明顯太擁擠了，如果給這些東西直接貼上售價標籤的話，二手市場馬上就會在這裡繁盛起來……

這也無可厚非，沒有人會出於個人喜好，主動把自己的生活在路旁展示出來。這條路的一側有一處高崖，可以眺望附近的景色，迅速升起的濃煙、大片的草叢、如蛇行般蜿蜒的茶色小徑，都在空中忽隱忽現，狗在其間穿行，一副小心翼翼的樣子。這高崖看上去就讓人毛骨悚然，到處潮濕極了，有些地方還生長著灌木。在它們的壓迫之下，這些長屋的後門，只怕永遠也見不到陽光。

因此，不僅是家裡的男人，包括女人和孩子在內，都被一隻無形的手從背後向外推著，催促著他們去爭取一天的口糧。有人端坐在家裡的情形，自然是想看也看不到了。

在屋頂上方，有從高崖上崩塌下來的泥土，混雜著橘子皮和瓷器的碎片。還有破碎的石碑，大約是從上面墳地的墓碑上掉下來的，沾滿紅土，掛在草根上。在淅淅瀝瀝的陰雨天裡，大白天裡也像是燃起了蒼白的鬼火。

更可怕的是，長著青苔的水井上方的高處，有一些被亂扔的垃圾。它們雜亂無章，綿延不絕，破爛不堪，像是一條骯髒的瀑布懸掛在高崖上。

速效散、一粒丸等帶著陳舊氣息的廣告，在路邊和弄堂裡貼得滿滿當當的，就像是用紙一層一層地糊在破衣箱上。不從這些膏藥下面穿過的話，清新的風根本就吹不過來。

在這一片狼藉中，勳八等在鄉軍人的門牌，顯得非常牢靠，可以說是鎮守整個街區的軍神。不過，就在「彥左衛門殿下」這威嚴的名字旁邊，還貼著一張「有結實的草鞋」的紙條。

屋簷下面有三個人，一個是穿著破爛短褂的大嬸，染著斑駁的黑牙齒；還有一個年輕女人敞開衣帶露出胸口，把碩大的乳房硬塞在懷中的嬰兒嘴裡，也不怕嬰兒喘不過氣來。她頭上紮著圓髻，頭繩已經骯髒不堪了……還有一個也是女人，由於只是在路過的時候匆匆一瞥，已經記不清長相了。

當時，時松就像是悟道了一般，看著傍晚青黑色的高崖，有點茫然地佇立著。「那邊不是死路，可以走過去。」這時不知是後方哪一個女人回答了他。

這裡並不是洪水剛剛退去的廢墟，因此路中央的米糠醬桶和炭筐自然也不是被水沖到這裡的。穿過這些沒有任何遮蓋的水槽和爐灶，感覺就像是穿過別人家的廚房似的。時松跳過幾條斜擱在水溝上的木板，蹣跚著向前走去。

「不好意思……」他在心中忍不住說了一句，然後走到了一個地方。

《 2 》

前面是一道非常氣派的大門，左右都有黑色的板壁……板壁的一角緊挨著高崖的中部，向著藥碾子般的凹陷處延伸而去，卻碰了壁，於是渾身一震，猛地站起身來伸了個懶腰，抵在樹根下面的土地上，如同張開的網。在板壁的下面，一股流水潺潺穿過山崖的側邊。

在樹蔭的遮蔽下，天黑得更早了。時松透過縫隙看去，前面似乎無路可走了。他正準備返回，就在這時……

「謝謝……」

「不用擔心，沿著那道板壁邊緣，順著水流往前走吧。」斑駁的黑牙齒笑著說。

「但是，那邊不是私人領地嗎？」

「不是。」和服領子處微微露出後頸的女人說。

「你要去哪？」年輕的女人拖著木屐稍微上前一步，同時把孩子往上掂了掂。

「也沒什麼目標……就是隨便瞎逛逛，運動運動。我也不著急，就這麼原路返回也行。」

聽時松這麼說，兩個人看著他的臉，彼此交換了一個眼色。「咦？」

「什麼？」兩人互相點了點頭。「不過，真能走過去嗎？」

斑駁的黑牙齒沒有回答，對年輕的女人說道：「沒事的，要走的話肯定沒問題，你說是吧？」

「是啊。」白牙齒點了點頭，似乎完全同意。然後，她把另一隻手也彎過去，抱住孩子的背。

「您慢慢走……路總歸會有的嘛，呵呵呵呵。」黑牙齒又說。她的臉上似乎帶著一種說不出的惡作劇般的神色。

而且，她的笑聲聽上去也帶著詭異的嘲諷。猛然間，時松有些擔心和猶豫，但想到如果就這麼原路返回，豈不是更加被對方小看。於是，他帶著一絲憤然，下定決心滿不在乎地大步走了出去。

「一路小心了，這條路可不好走喲。」

「謝謝。」時松回過頭來，把鴨舌帽拿在手中說。只見那個看上去和善些的年輕女人正在換手把小孩橫過來抱，同時整理著自己的衣襟。然後，他就沿著板壁鑽進了山崖下面。

在頭頂上方的樹木之間，透過草叢，可以看到墓碑像無精打采的芒草般，一片一片地散落著，腳下的路已經昏暗起來。水溝也籠罩在漆黑的夜色中，隱隱約約可以看到下面清澈的水映照著樹根，似流動非流動地搖晃著……水邊有一條山洞般的蜿蜒小路，只能容一個人從山崖和板壁之間擦著衣袖通過。

從板壁某個稍大的破洞中不經意地望去，可以看見裡面的五輪舍利塔，還能看見洗手鉢。再往前有一個乾枯的藤架，還有一個水池歷歷在目，雖然池中的水非常混濁。看來這也是一座寺院，而且這寺院的院落大得出奇，池子的水面上能倒映出廣闊天空中的雲。

再往前走一點的話，對面也被山崖緊緊包圍住，看上去沒有去路了……用那種經常用到的比喻來說，這地方就像是在一個研缽的底部。

不過，看來這裡也是能直接走過去的，並沒有什麼阻礙。也許，在時松不放心地追問之下，女人們那私語般的、略帶遲疑的回答，指的並不是什麼公開的近路，而正是這條只有當地人才知道的便道。

時松依舊輕鬆自如地揣著手，信步走著，從板壁的破洞中數過了寺院裡的五個池塘。他走過一棵大樹之後，只見去路被高崖所包圍，似乎已經到了盡頭。而在上方，在遙遠的天空中高出樹梢很多的地方，有一幢二層的房子，還能看得到欄杆。

但那並不是二層樓房。不過，也不是三層四層那麼高……原來只有一層，只見這房子像棧橋一樣，從山崖的頂部伸向空中。

︿3﹀

那山崖非常陡峭，從斜坡上傾瀉而下的草叢中，掛滿灰塵的柱子像腳手架一樣，有力地向上伸展著，正好抵在延伸出來的走廊下面，把這座帶欄杆的房子支撐在樹上。向上拼命仰起頭看去，就像是橋樁或戲臺地板下面的空間一般。

說到戲臺，這房子就像是一個凸出在空中的舞臺。上面拉門的紋樣看上去很深邃，大約是夜色逼近的緣故，顯得既遙遠又昏暗，看不清楚。窗框上一扇拉窗也沒有，走廊也敞開著，周邊圍著欄杆。

從時松駐足的地方，可以看到房屋的側面，一邊是牆壁，顏色也是一片漆黑，腳架般的橋樁自不用說，就連透過窗戶看到的天花板也像船底那樣斑駁。還有那條走廊，顯得灰撲撲的，欄杆也處處都是細小的缺口。

在這高棧敷上遠眺的話，前後這麼大的寺院，相比之下，也不過是下界的一片瓦礫。不知道可以一眼看到多遠，也許可以看到四谷的一半，一直望到赤阪。

這屋子是如此空曠寬闊，也許是心理作用，讓人覺得簡直不像是六疊[1]或八疊那麼大，而是有十五疊、二十疊乃至更大。

從下面只能看見這個房間。抬頭仰望，上面的門口處斜貼著「可以遠眺京都」、「大阪歷歷可見」等招徠房客的廣告，大概已經決定不再從事建築業，而是改賣祖傳的望遠鏡吧。

但是只要看看地板下面的柱子，地基處就像土蜘蛛的背或蛤蟆的頭一樣，也就知道這房子應該已經出租了有十來年了。

時松不由得瞠目結舌。不過，他信步走著，繞到房屋的正面一看，原來根本不是空房子。就在他和房子之間，正好有一棵不知名的樹，看上去有兩人合抱那麼粗，在這春天裡早早就枝繁葉茂，高高地挺立在山崖下。雖然它生長在水溝的另一邊，但看起來似乎觸

1. 本計量房間大小的量詞，一疊為一張榻榻米的大小。

手可及。

這棵樹叢生的枝杈和對面的回廊互相掩映著，從那邊大約是看不到這裡的。在走廊的轉角處，有一個像是從畫中走出來的女子，百無聊賴般地倚靠在正面的欄杆上，像是在眺望黃昏的風景。

但是，看她的樣子，似乎又不是在東張西望地欣賞著夕陽或新月的景色。她如同弱柳扶風般坐在那邊，雪白的後頸和豔麗修長的鬢角朝向這邊。細得弱不禁風的豎條紋黑緞子衣領，大約是縐綢面料的，而鮮明的淺藍色襯領，讓這衣領和長長的後頸更為顯眼。事後再回想起來，雖然相隔那麼遠，他卻清清楚楚地看到襯領上面沒有什麼花紋。

她頭上也紮著淺藍色的頭繩，挽了一個婀娜嫵媚的三環結，像是博多[2]產的圓腰帶，藍底上帶有白色金剛杵圖案，鬆鬆地繫在紮染成淺藍色的襯墊上。結扣被欄杆縫隙處的橫木擋住了，上方的衣袖向空中飄去，彷彿沉入了雲中，腋下開口很深的緋紅色縐綢向後翻著，貼著手肘，一直散落到端坐著的下擺處，在臨近黃昏的山崖上，散發出微弱的光亮，裝點著淡紫色的晚霞。

時松有些茫然。只見上面的女人許久一點也不動，目不轉睛地盯著那面擋在房間正對面的寬闊黑牆。她白色的指尖一閃，抓起紅色的下擺兩端，玉山崩塌般頹然坐下來，柔美的後背靠在欄杆上，幾乎就要把它壓彎了。與此同時，時松也把自己幾乎已靈魂出竅的身體倚靠在板壁上。

隔著側面的回廊，相距兩三尺，又過來了兩個人……就像是有著黑色翅尖的白鴿撲啦啦地從空中飛來，穿過樹梢躲進樹蔭一樣。這兩個人穿著同樣的白衣，腰間裹著下擺很短的墨色僧衣，頭上泛著青藍色，似乎是剛剛剃光的。兩人都眉清目秀，皮膚很白，長得圓頭圓腦，看上去非常可愛。年紀都在十三、四歲的樣子。

2. 日本福岡市內那珂川以東的街區，古代是日本連接朝鮮半島和大陸的港口城市。名產有博多絲綢及用其製成的和服腰帶、博多偶人等。

︿ 4 ﹀

兩個小和尚模樣的人，踏著畢恭畢敬的小碎步穿過走廊，簡直可以說是躡手躡腳……眼看就要到女子的正面來了，只見兩人都嚴嚴實實地戴著紙折成的口罩。

然後，他們整齊劃一地捧出一個小小的容器，裡面大約裝著某種飲料或其他東西。很快，他們就在女子面前並排跪倒在地板上，遠遠可以看見白色的身影和腰上黑色的僧衣。

這時，彷彿突然想到了什麼，兩個人搖搖晃晃地站起來，走到欄杆前，用手撐著，探出半個身子朝這邊俯瞰過來。白衣的下面隱隱透出淡紅色，似乎是因為離那個女人很近，在她和服下的長襯衣的映照下，兩人的皮膚都被染紅了。但仔細一看，原來他們身上都披著輕紗，而且看他們的眼角眉梢，毫無疑問是兩個女童。

一種困惑的感覺如同迎頭一盆冷水澆來，時松感到一陣寒冷。回頭一看，透過他靠著的板壁上的孔洞，背後寺院院子裡的池塘彷彿滲出黃昏的色彩，突然間變得寬闊浩大，輕輕漂浮起來，池水似乎漫過了自己的後背，波光粼粼，紅色鯉魚悠然遊過。

那鯉魚的影子也令人毛骨悚然，如同磷火一般。頭上轟隆轟隆地傳來低沉而陰鬱的聲音。「是樵夫。」他自言自語道。也許是他看那個女人看得太出神，心蕩神馳而沒有發覺。

在大樹樹梢接近山崖的高處，似乎有一個人正在鋸著什麼東西。大樹枝繁葉茂，在濃蔭遮蔽之下，連一隻鳥都看不見，只聽到轟隆轟隆的聲音在逐漸深入樹幹的中心。他凝神細看，可以清清楚楚地看到，在對面欄杆的角柱上，有一棵寄生的樹木，它的樹梢有一處綠色顯得特別濃厚而陰暗，在這無風的天氣裡，卻微微搖動著，發出窸窸窣窣的聲音，樹葉打著旋，如同糾纏在一起的假髮。

「啊呀。」鋸末簌簌地掉下來，像是下霜一樣，一點一點落在時松和服外褂的衣領和衣帶上，連衣袖的褶皺中都積了一層。這木屑竟是鮮豔的紅色。

時松慌忙抖動全身，拍打著衣袖，走出樹下。天上下雨，甚至下槍尖都不可怕，但是在這黃昏時分像這樣用鋸子，看來是不完成預定工作是不會甘休的。不消片刻工夫，肯定會有一根房樑般的巨大木頭轟然落地。

「快走，這裡有點說不出的古怪。」他想。可是，那女人實在是太過嫵媚豔麗，讓人筋骨發軟，渾身無力。時松好不容易蹣跚著走到盡頭，一拐，山谷原來是這樣淺，淺得出乎意料。

前面的低處依然是墓地，上方有一處緩坡通向市區，坡上可以看到三三兩兩的寂寞人家，家家的柵欄相連，向上傾斜延伸而去，看上去像是一座橋。

一路相隨的崖腳，就到這墓地為止。山谷的出口敞開著，像一個畚箕。

在墓地和崖腳的分界處，有一個池塘，看上去像是廢棄的水井形成的，四周的土壤都顯得潮乎乎的，大概是被池水滲透過的緣故吧。池塘的上方完全被樹木遮擋住了。

時松一路走來時相伴的那條溪流，其源頭看來就是從這個池塘裡滲出來的水。這水也不知是從地下湧出來的，還是從山崖上滴下來的。

那裡有一個戴著口罩的男人身影，模模糊糊的，就像落日的餘暉照在大川端[3]一樣。他四肢不停地動著，那樣子又像是在敲打潮水中晃動的橋樁。

他穿著緊身工作服，下擺很短，在水池的邊緣，有一個巨大的舊竹簍，上面蓋著網，高度一直到他的腰部以上。他手裡橫拿著一根竹竿，竹竿一頭拖著一樣東西，有圖畫中狸貓的睾丸[4]那麼大。看起來那人像是剛剛釣魚歸來正在洗腳，不過仔細一看並非如此。

他手中的東西是一個耙子，他單手拿在離耙頭很近的地方，另一隻手將一個畚箕抱在腋下。

畚箕緊緊貼著草叢，另一邊纏在那人的腰上，只見他用耙子從山崖上往下扒拉著，把上面嘩啦啦掉下來的東西用畚箕接住。等到接滿了，他把耙子放在一旁，雙手拿起畚箕彎腰往下面的竹簍口中倒進去，這時就會傳來沉重而鬱悶的「唰」的一聲，就像是吹過黃泉的風聲一般，散發著令人心中發冷的腥氣。

如果他是在掃落葉的話，用畚箕顯得很奇怪。片刻之間，對方已經把同樣的工作重

3. 隅田川的吾妻橋（大川橋）下游右岸一帶的名稱。
4. 日本民間傳說中，狸貓的睾丸可以變大把人吞下去，有八疊那麼大。

複了三次。

耙子放在一旁的時候，就好像沉入了崖邊的草叢中……那人迅速拿起耙子的柄，開始耙地，那樣子如同某種小動物在用前爪刨東西。此時，畚箕也在他的腋下了。隨著扒拉下來的東西嘩嘩地落下來，畚箕很快就滿了。然後，他把裡面的東西「唰」的一聲倒進竹簍中，當然，伴隨著那令人厭惡的聲音。

他並不是在趕工，有些懶洋洋的，似乎連回頭都嫌麻煩，磨磨蹭蹭地，不過看來相當熟練。總是在一呼一吸之間，如同機械般精確地運動著身體……簡直就像是安裝了水車機關而緩緩活動著的稻草人。

時松不禁感到寂寞起來，如同在山田小田[5]那一眼望不到頭的遙遠山峽中，孤身一人看著秋日的暮色。

「老爺子……」時松走到他背後，叫了一聲……想跟他聊上三言兩語，得便的話，還有些問題想問他，看來他也是住在這附近的人。

「您真是幹勁十足啊。」

「唔唔。」口罩裡的深處，傳出了一個倦怠而不耐煩的聲音。那人拿起耙子，繼續在草叢中耙著。

「您這是在幹什麼？」

「在刨。」在近處聽來，耙子的釘齒刮過草叢的聲音，像是刮去魚鱗一樣，感覺非常不祥。

「在刨？刨什麼呢？」

「刨食，每天都要吃飯不是？」那人不客氣地回答，看神色是覺得這話問得多此一舉。

「是吃的東西嗎？」

「也拿去賣……」

「又不是松露[6]，究竟是什麼呢？」

5. 日本地方。

「還是別問的好，說出來的話要嚇你一跳。」

時松這句話其實只是找個藉口搭腔，並不真的關心是什麼。

「那好吧，不過我還有個問題，老爺子。」

「什麼問題？」

「那邊山崖上……」時松說著，轉過身來打算指給對方看，不過美女的身影已經被樹叢擋住了。帶著惋惜彩虹稍縱即逝的心情，時松繼續說道：「那幢房子……到底是幹什麼用的？」

「那房子不要錢就可以租下來，是有名的空房子，沒有人住的。」

「不對，裡面有人住的。」

「呀。」那人說著，停下手中剛剛倒空的畚箕，猛地轉過身來，目不轉睛地看著時松，目光十分凌厲。

時松本來漫不經心地站在那裡，在這目光的逼視之下，不由得後退了幾步。

「你！你看見了？」

「……」時松發不出聲音來。

「唔，既然看見了，你也看看這個吧。」說著他整個人蹲在水池中，握緊的拳頭「當」的一聲敲在竹簍上，只見竹簍搖搖擺擺地晃動起來。他分開上面的網，數不清究竟有幾百條的小蛇，像煙霧一樣瘋狂地蠕動著湧上來，全都露出鐮刀形的頭。時松一下子覺得喘不過氣來，像有股巨大大力逼近似的，逼得他立即向山崖奔去。到了崖邊，只見他整個身體彎曲呈弓形，向來時走過的板壁衝過去。

紅色的雲霧充盈著小路。這些像瀑布般傾瀉下來的紅雲，原來是木屑。轟轟隆隆的聲音像是一連串敲響的鐘聲，直往耳朵裡鑽去。

樹葉在空中激烈地打著旋。「哇！」

時松叫喊著，像個瞎子般朝前闖，任憑木屑從頭頂一直撒落在口鼻上，終於衝出了山谷的凹處。背後傳來一陣驚天動地的聲音，也不知道是樵夫掉下來了，還是樹枝落下來

6. 一種珍稀的菌類，生長在地下，又稱塊菌、塊菰，常利用豬來尋找。

了。

後來，時松的眼睛有很長時間都不舒服，現在倒是已經好了。而他那沾滿木屑的外褂，也處處染著宛若鮮血的紅色，隨著時間的流逝才慢慢消失。

——原刊於《新日本》第1卷第3號，一九一一（明治44年）年6月

淺

茅生

「淺茅生」即淺淺的野草叢生之處。

《 1 》

聽不到鐘聲傳來、風聲也寂靜下來的夜裡，正好到了丑時三刻。月中丹桂樹葉不斷飄落，斧子砍上去如同砍在石頭上一般，月亮也被越砍越殘缺，要不了多久就會變成陰曆二十六夜裡的殘月。不過，現在還是陰曆二十日的月亮，二樓靠近大路的房間裡，有一扇因為暑熱而開著的木板套窗。透過窗戶的縫隙看去，天空中有雲流過，掀起無聲的白色波濤。月光越過大路對面的宅邸板壁，照亮了櫻花樹的樹梢，那樹的葉子已經有些凋零了，顯出一派早秋氣象。月光剛剛照到上面，一下子又湧出無數黑雲，遮住了月亮，天空暗得像墨一樣……

三錢一束的蔥綠色蚊香，在小火罐中熏著，細細的煙裊裊升起，然後向著與天空中的流雲相反的方向飄散。

就在這張小桌上，有一個人茫然支起胳膊，托著腮，既沒有要等的人，也沒有什麼事情可幹，正在百無聊賴地吸著菸。

「我可真閒吶。」他說著，吐了一口煙圈。

「你閒，我卻忙著呢。」蚊香微微顫動著，扭曲著，不知疲倦地燃燒著。

前面的綠色拉門上，掛著一盞十支光的電燈。在屋後燈光照不到的暗處，如果再掛上從前的那種燈籠，就完全成了一個後巷，蚊子在那裡嗡嗡亂飛。看它們那陰狠、沉鬱而帶著銳氣的樣子，根本不像要聞煙而逃，相反卻平靜地嗡嗡抖動著它們尖利的嘴，滿不在乎地想要叮人。

蚊香的煙霧升騰起來，搖曳不已，讓人聯想起紅腳螞蟻在火山熔岩上獨行的軌跡。這悶熱的夜晚，簡直是連片刻也無法入睡。

唯吉是這幢二層住宅的主人，他回頭看看背後那扇敞開的、帶扶手的窗，用袖子驅趕著那些嗡嗡作響的生靈，心中期盼著哪怕有一絲風也好。同時，他越過自己在這六疊大的房間中蔓延了一半的影子，看著匆忙流雲下的街景。樹木和屋頂都紋風不動。深夜的街市如同深山一般，鱗次櫛比的房屋斜斜地伸向遠方的山腳，院子、屋後和空地看起來就像散落各處的山谷，但一點涼意都沒有。

「真熱。」他索性猛地站起來，鬧彆扭般地衝向扶手窗，四扇窗戶已經全部洞開，這一衝，彷彿他的整個軀體都要被「撲通」一聲扔了出去。

「啊！」他發出一聲自暴自棄的吼聲，像騎馬般騎在窗上，深深地歎了一口氣……

這扇通風窗面朝正西，雖然夕陽的餘熱依然不容小覷，但他不管三七二十一地伸手一摸，在夜露之下，下面的廂房屋頂竟然已經一片冰涼了。

這時，唯吉也覺得一陣發冷——在離廂房不遠處，樓下住戶的八疊房間的走廊前，有竹籬笆隔出了不到二坪[7]的採光小院，裡面緊貼著一幢兩層的房子。那房子二樓有個同樣的扶手窗，方向與唯吉家的不同，是朝南的，但是距離只在方寸之間……

那裡有一個人，連燈也沒點，好像在乘涼。黑暗中，那人的視線如同越過窗戶看穿了這邊的二樓似的——

「啊！」那房子明明應該沒有人住的。

7. 日本面積單位，1坪約3.3平方米。

︽ 2 ︾

那邊的人影本來就出人意料，而且外面沒有一顆星星，讓人影看起來彷彿融進了帶著雨意的雲中，像是沿著屋頂渺然飄過來，要把這邊也遮蓋起來。

但是，一點激烈、強勢和尖銳的感覺也沒有。那人的面容如同黑暗中開放的花朵一樣微微發白，帶著感傷和優雅的風情，像葉子那樣寂寞、陰冷而黑暗，又恰似若有若無的雲彩，遮住了黃昏模糊的月輪，投下漫無邊際的陰影。

不像是雨夜的橘香，也不知是哪種花香還是焚香，一種說不出的微弱香氣淡淡地漂浮在屋簷上，看來是個女人。

「是女人的話，就更加非同小可了。」唯吉覺得，從領口到四肢，全身彷彿都被柳葉颯颯拂過，惹起一陣說不出的瘙癢。他趕緊抖了抖肩膀，低聲說道：「真是太熱了。」

借此機會，他改變了一下姿勢，把手肘支在窗上，胸口向窗檻上靠去，在騎坐著的窗上橫躺了下來。

就在這時，「嗯咳。」只聽有人低聲清了清嗓子。聲音是從那邊二樓傳來的，不知為何，聽起來卻既清晰又響亮。

聽上去，這聲咳嗽就像是早就約定好的暗號。唯吉不禁抬起頭來看了看那邊。

一個半身背影靠在窗戶上，從細細的肩膀一直到腰部附近都隱約可見。一隻袖子婷婷裊裊地放在胸前，背朝著通風的南邊，腰帶和頭髮顯得又黑又亮，非常豔麗。白底的單衣和服大小正好，紋樣如同月色朦朧的夜空中穿行的雲彩一般，似乎又變得更明亮了，大約是在旁邊防雨套窗上風情萬種、交錯懸垂的藤蔓直接映在了衣服上吧。還有她回眸望向這邊的側臉，以及臉上不高不低的小巧鼻子……當看到唯吉時，她不易覺察地點頭招呼了一下，透過鬢角，可以看到她的後頸是那麼的白皙！她的美還不僅如此，只見她衣袖裡的手擺弄著一把團扇，宛如引來了月亮一般，不時微微露出和服腋下開口處的肌膚，發出微弱的光芒。

她的個子似乎比較嬌小，看起來風姿綽約，坐著的上半身又瘦又高。

濃密的頭髮好像被固定頭髮用的梳子束在一起……要不然，在扶手窗的那個位置，梳得高高的髮髻會擋住上面的窗框。而在兩三寸外燈光照不到的暗處，同樣也是一片黑色，卻與這黑髮有著極其明顯的界線，原來是柳樹在露水的滋潤下，呈現越來越濃厚的黑色。

就在唯吉看著她若有所思的時候，只聽那女子說道：「真熱啊……」

唯吉吃了一驚，默默地注視著對方。

「你也是在乘涼嗎？」對方用沉穩而溫和的聲音，緊接著說道。

無論心中有著怎樣的疑慮，聽那女人說話的語氣，怎麼也不像還有另外一個人，正在她對面與她說著話。

「嗯咳，」於是，唯吉也有些做作地咳嗽了一聲，豁出去搭腔說：「你覺得怎麼樣……這麼熱的天。」

「真是太厲害了，」對方的語調聽上去非常親密：「太不像話了……秋分都要到了，秋老虎也快到頭了，卻在這時候來這麼一出，真不知道是怎麼搞的。」

在窗戶之間交換著言語，因為隔著屋頂，唯吉也就心不在焉地自語道：「這究竟怎麼回事，這人是誰啊……」

《 3 》

「不過，天氣差不多要涼快起來了吧……這大約是最後一陣了。」

女人沉靜的聲音像是安慰般地從窗外飄來。似乎猛然間感到一股寒意，這句話讓唯吉深有所感，他只是寂寞地聽著，沒有說話。

蟲鳴聲頻頻響起，他鬱鬱地聽著蟋蟀的鳴聲，以及女人的聲音，有些黯然地說道：「這樣就好……要不然真受不了。真是求之不得啊。」他說著，忽然對於那女人所謂的最後一陣，感到疑惑起來。照她先前說的，似乎有什麼東西已經到了強弩之末，想到這裡，他沉默了。

這後街小院中暫時沒有人居住。這時，蟲鳴又一次響起，似乎要把草葉上映照著月亮和雲彩的露珠輕輕搖落下來一般。

「啊呀……」只見那女子的衣袖和衣帶在窗框上飄動起來，團扇不停擺動著，她用有些華麗的清澈聲音說：「還沒有去你家拜訪一下……該怎麼辦呢……真是太失禮了，請你一定要多多原諒。」

「哪裡哪裡，是我失禮了。」像是早就等著這個機會似的，唯吉立即毫不猶豫地答道：「天還是這麼熱，彼此都夠嗆。」唯吉這話聽上去煞有介事，不過細細想來，說什麼彼此都夠嗆，還是有些不合時宜。

「你家裡人都睡了嗎？」

「怎麼說呢，睡大概是睡不著吧。不過早就躲進蚊帳裡去了……你家呢？」唯吉說著，又隔著屋頂朝那邊張望了一眼。

「……」女人遲疑了一下，說道：「呃……其實，從一看到你，我就想求你一件事來著……就為了這個原因，才會明明不認識，就這麼冒冒失失地從二樓跟你打招呼，真是不好意思呀。」

「說哪裡話，都是鄰居，如果大家都是男的，第一次說不定會是在街上的澡堂裡坦誠相見地打招呼呢。」

「呵呵。」女人用團扇遮住嘴唇笑了，婀娜地稍微側了側身子。

唯吉也跟著笑了：「這可不是開玩笑，是真的。所以，在二樓互相認識，當然是可以的……對了，你說……有事找我，究竟是什麼事呢？用不著客氣。」

「唔……」

「是什麼事？」

「那麼，你能答應我麼？」

「答應。」唯吉說著，抬起靠在窗上的手肘，聲音顯得有些匆忙。

「你要是不答應，我會怨你的哦。」

「嗯。」唯吉的呼吸稍微頓了頓。這時，雲更加陰沉，蟋蟀的聲音聽上去更密集了。

「……有些討厭的小蟲在叫……」突然間，女人像是在自言自語，又像是預見到了什麼徵兆般地說道。

「討厭的小蟲在叫？」唯吉不禁鸚鵡學舌般道。但是，那些散佈在遠近的草叢和石頭中的蟲鳴，時而在此處，時而在彼處，從來都沒有讓他產生過討厭的感覺。

「你不喜歡蟋蟀嗎？」唯吉試探著問道，想到對方這話說得真古怪，不禁有些茫然，又有些毛骨悚然……

《 4 》

陰雲突然移開，只見透過薄紙般的霧靄，月光一下子照亮了對面又髒又舊的防雨窗套，以及女人的衣袖，就連蜘蛛網上掛著的露珠都清晰可見。片刻間，天又陰了，在漸次的昏暗之中，女人的聲音雖隔著屋頂，聽上去比蟲鳴聲還要清亮。

「不，我說的不是促織。蟋蟀我特別喜歡，你聽它們叫得……又可愛，又優雅，還惹人憐愛。那聲音，不管是誰，你或者別的男人也好……都不會討厭。就連像我這樣的人，哪怕出於情面，也說不出討厭這種話。」

「可是，你剛才不是說，有討厭的小蟲在叫嗎？」

「唔，請你再仔細聽一聽……有一點點……還有別的蟲在叫。」

「啊？」唯吉把耳朵湊到撐在窗框上的手邊，彷彿是在聽從對方吩咐一般。但他心中希望，最好還是不要聽到那女人所說的討厭聲音。

「是遠處的貓頭鷹在叫嗎？」

「不，是蟲子。」

「的確，貓頭鷹的叫聲跟蟲子還是很不一樣的……因為一直都太熱了，我也有點糊里糊塗了。不好意思，你說的討厭聲音，究竟是一種什麼叫聲？」

「就在蟋蟀那『快織下擺、快織衣領』的鳴叫聲中。如果說這聲音是從草叢裡傳出來的，就像是草底下有一間小屋，柴扉上的露水宛如白玉雕刻而成的銀鈴，發出微弱而清晰的叮叮聲，宣告著芥子那麼大的秧雞來訪。」

「啊……最近我記得聽到過……是吟蛩，一定是吟蛩的叫聲。你不喜歡這聲音嗎？」

「不，」對方止住了他的話頭，用低沉的聲音說：「不只是不喜歡。甚至是討厭，光是聽到這個名稱，我都覺得毛骨悚然……」

也許是體會到了對方的心情，唯吉覺得全身的汗毛也一起豎起來了。

「可是，」女人加重語氣，懇切地說：「那種既可憐又可悲、既溫順又可愛的蟲子，本身完全是無辜的，可我只要一想到那是吟蛩，就像是被人扔進了冰窖裡，然後頭髮被一根一根地拔掉一樣……簡直是痛入骨髓……明明知道這樣對蟲子不公平……真是冥冥中的定數啊。」

唯吉把身子探出窗框，也用一種親密無間的語氣說：「不知道究竟是怎麼回事，不過聽起來你對這蟲子討厭得無法忍受。我也大抵明白了，你說的請求……大概是叫我抓住那蟲子扔得遠遠的，或者隨便怎麼處置，讓你聽不到那種啾啾聲。不過這件事可有點困難啊。你那邊……你家院子裡有潺潺流動的水渠，邊上的草叢最近越來越繁茂，藍色的鴨蹠草、鮮紅的蓼草花，開得漂亮極了。叫聲大概就是從那裡發出來的。就連蟋蟀也很難找，那種蟲子只有一粒葫蘆籽那麼大，更加難找了。根本就不可能抓得到。就算像你那樣點起紙燈籠去找，只怕連影子都看不到半個。」

現在，也不必再懷疑……她就是從去年仲春時節搬到巷口那幢茶室式宅子裡居住的美女。不過，就在今夏剛剛入伏[8]的時候……因為某種緣故……她應該已經不住在那幢房子裡面了。

《5》

兩邊的院子只隔著一圈柵欄，二樓的屋頂也可以說是連在一起，所有權也是由同一個管理處經管的，不過由於分別對著大路和小巷，算不上搬家後特意上門拜訪送喬遷麵的關係，所以裡面的情況，他一點也不清楚。

特別是這幢房子通風也不錯，房間的佈局也很好，樣式和建材也跟周圍鱗次櫛比的出租屋大異其趣，而且聽說房租也還不貴……不知道為什麼，搬進來的房客卻總是住不長。

8. 入伏，伏即三伏天，三伏天是一年中最高溫最悶熱的日子。

剛剛搬進去又搬出來，剛剛住了人又空出來。半個月、一個月、三個月，連住超過半年的都沒有。不過，雖然從二樓不時能看見租戶，唯吉也不是很上心，根本就記不清誰是什麼時候住在這裡的，甚至連對方是長著鬍子還是穿著圍裙都沒有弄清過。

其中只有一個人令他至今難忘，就是今天晚上主動搭腔的這位美女。

唯吉雇的一個老媽子說，她大約是別人的小妾，或是秘密情人……記得剛剛搬來的時候，這女人在院子一角種下了一棵柳樹。樹葉凋零的時候，隔著屋頂和曬衣場還可以看到銀河般的隅田川，讓人不禁想要披蓑渡河。但在枝葉繁茂的時候，那些燕翅大小的船帆也就被柳葉遮擋住，從唯吉家的二樓消失了。如果是百日紅，唯吉說不定會找個機會一把火燒掉，但正因為是柳樹，也不好意思發牢騷，但仍然覺得有些可惜——現在就連這個都有點令人懷念。就在院子裡矗立著石燈籠的地方，用水泥建造了一處水渠，就這一帶來說算是非常寬闊的了，形狀如同散亂的螺旋形，其中有水潺潺流過。不過，這個女人也真夠古怪的。

她先是在水渠兩岸種了雜草，後來又變成了碎米莎草、鴨蹠草、水蓼，從初夏開始，天天掛著朝露和夕露……雖然到夜晚就看不見了，但月色下殘留的影子，讓蟲鳴聲也顯得淡淡的，跟淡綠色、淺紅色的野花交織在一起。

「這次搬到後面二樓的人，好像是叫玉川。」「您認識嗎？」記得當時老媽子這樣說。「我哪裡認識，不過我覺得大約是吧。瞎猜的。」「下次我去看看他們家的門牌吧。」「不……還是別看的好，如果不是就糟了，還有，名字應該是叫阿京。」「阿京小姐……」「怎麼樣，我們就這麼叫她吧。」「您說得真有意思……說不定猜中了也未必呢。要是這樣的話，你們之間應該也算有緣了。」「不會不會，還是不要命犯桃花的好。」

由此，老媽子去年——當場把那女人暫稱為「玉川」了——也開始注意到了出入那幢房子的人。常來的不知是房東還是丈夫，好像是一個謹慎而謙恭的人物。即使在一切都無所遁形的陽光盛夏，也從來沒有露過一次面。

這且不說，二樓的窗臺和樓下的走廊都顯得別有風緻，掛著岐阜燈籠和鐵燈籠，以及顏色清涼的竹簾和葦簾。不知為何，在柳樹的陰影下，石頭做成的洗手盆有些發青，掛在一旁的潔淨手巾卻隱隱透出純白色來。有時會覺得有人沿著走廊走過，但看到的卻只有屋簷上的忍草。

《 6 》

「後院那位漂亮女人……原來是屬於和尚的……」

難怪進進出出都要躲著人，顯得鬼鬼祟祟的。記得某天晚上，老媽子帶著有緊急情報的神情，像是立了大功般這樣說道。太陽下山後，老媽子自己去廚房狹小的盥洗間沖涼。但是，在悶熱的夜裡，她抱著上過漿的浴衣出去乘涼時，只見初五的朦朧月光透過那棵柳樹的葉子，投下斑駁的影子。在可以看到整個二樓的外側走廊上，沒有點上電燈，只亮著一盞鐵燈籠。平時很少露面的女主人帶著一副遠離塵世的樣子，如同遠眺峰之堂[9]一般，獨自一個人待在離門口很遠的屋子中央。

看她的樣子，似乎剛從外面回來，因為太熱了而逃到二樓消暑……

「她脫去羅衣，解開衣帶，只穿一件如水的貼身襯衣，如同心灰意冷般，手中的團扇動也不動，把一隻手撐在身後，身子彎曲著……身上白皙得不得了……胸口被團扇擋住了，但透過瘦小的上臂，隱隱約約可以看見打了個結……不是腰帶的頭子……明顯是保胎帶，而且看上去已經好幾個月了……的確是非常引人注目。難怪她從來不到院子裡來，我總算明白了，原來是有孕在身啊。」

老媽子穿著露出一大片後頸的和服，按著自己的腹部說道。

「那你怎麼知道她是屬於和尚的呢？」

「可是少爺，那女人就那麼裸露著雪白的四肢在房間裡乘涼，只有一個滿身橫肉的胖和尚在她周圍轉來轉去——從壁龕到隔壁房間的葦簾，從後院到二樓前面。那和尚穿著鬆鬆垮垮的衣服，也不知道是那種沒有裡子的單衣還是什麼，繞著圈就過來了。在鐵燈籠幽暗的光芒中，和尚的影子顯得一團漆黑，籠罩在女人那衣衫不整的身子上。有誰會把外人叫到這種地方來呢……那個在她身邊轉來轉去的胖和尚，一定是她的丈夫或者老爺。」

9. 位於京都府京都市西京區御陵峰之堂的法華山寺，別名峰之堂。

「原來如此……不過，他又為什麼要轉來轉去，像是蜘蛛結網一般呢？」

「那個嘛，你想想，他肯定是一下子橫著看，一下子豎著看，從各個角度欣賞那個女人吧。我說她可能是個小妾，就是這個道理。」

「啊呀，好可怕。」談話沒有再繼續下去。

日子一天天過去，又進入了新的一月，但暑氣依然未消。一天夜裡，天空眼看就要下雨，一絲微風也沒有，飛蟲成群結隊……唯吉剛用鐵絲把電燈罩子拖到窗外，用撣子把緊緊扒在上面的無數蟲子拍打乾淨，一拿回原處，眼看著蟲子又堆積如山了。燈罩都變黑了，蟲子吧嗒吧嗒地掉下來，接著又惱怒不已地飛起來，慌不擇路地爬動著。

實在是太心煩了，他「啪」的一聲把燈關了。烏雲密佈的天空中，沒有一顆星星，在二樓背後漆黑的格子窗邊——就像現在待在這裡一樣——唯吉曾經疲倦地歎了一口氣，全神貫注地凝望著鄰家後門那棵遮住了大河流水的獨株柳樹，上面的葉子一動也不動。

就在這時，女人帶著大病初愈般的風韻，破天荒地走出了院子，在夜裡草葉的映襯下，合身的單衣那純潔的白底顯得模糊不清……身上還繫著裊裊飄動的博多窄腰帶。當時，她手裡似乎提著紙燈籠。

《7》

閃閃發光的黃金扁簪從左邊斜插在她那蓬亂的髮髻上，朝著這邊的背影清晰地露出長長的後頸。水渠裡流水潺潺，在燈影之下搖曳不已，只見她赤足的身影在渠邊閃動，分開造型別緻的野草叢向前走著，好似在草地上繡著淡淡的針跡。白皙的雙足輕輕踏在露珠上……散發出如同柳絮飄散一般的風情。

補種的桔梗不知何時長了出來，正是開花時節，兩三朵花分別映照在她單衣的左右兩個袖子上，顏色鮮明，花影層層，隨著燈籠的顫動，在靜靜放著的庭園木屐上微微顫動著。她信步走了不到十步，遠遠看去卻像是走了很遠的山路終於到達了一般……

變化就出現在這片刻之間。

只聽「唰」的一聲，垂到地面的黑糊糊的柳枝搖動著，從下往上翻卷了起來。一陣黏呼呼的風吹過，帶著一股如同經過了水氣薰蒸的熱氣，吹得草叢和樹木齊聲作響，一下子吹亂了女人的下擺和衣袖，用那條藍灰色的腰帶繫住的前襟，幾乎被絞在了一起，淡青色的縐綢襯裙緊緊纏在身上，向前踏出的白皙小腿差點被草葉的尖端絆倒……她幾乎要被狂風吹倒，一邊搖搖晃晃地挺著胸膛，一邊用袖子嚴嚴實實地遮住紙燈籠的火苗，可燈還是滅了。她蹣跚著向走廊退去，如同癱軟了一般倒在地上。簾子被風掀上了天，「啪」的一聲落下來，遮住了她的身影，像是把她捲進去了一般。

就在燈籠熄滅的瞬間，金簪從她的髮鬢上脫落下來，亮閃閃的軌跡還殘留在唯吉眼睛裡——在潮濕的露水中，拖著長長的尾巴，留下幽幽的螢火般的金色影子，在呼嘯而過的叫囂狂風中，在顯得虛幻的悶熱庭院中，向著下面的一片曠野一閃即逝。簪子的蒼白光芒離開了女子那柔軟的胸部不知所終，卻仍然留在唯吉的瞳仁中……看上去就像是那女人的靈魂一樣。就在這天夜裡，唯吉準備睡覺的時候，老媽子說：「隔壁的女人今天夜裡好像要生產了……」

她說著，倒退進了蚊帳中。風停了，雨也沒有落下來……天氣悶熱得很，無法入睡，一直到天快亮的時候，唯吉才迷迷糊糊地睡著。但整整一夜，他都沒有聽到隔牆傳來嬰兒的啼哭聲。

「真可憐……聽說那女人昨天夜裡被擔架抬到醫院去了。」

「啊呀，是難產嗎？」「有人說孩子生下來就是死的，也不知道到底怎麼回事，總之真是太可憐了。」過了兩個月，一個看門的老婆子搬來了，後來就再也沒有聽到那女人的消息了。連她是生是死都不知道……現在越過屋簷跟唯吉隔窗相對說話的，就是那個女人……

「你聽我說，」女人把團扇放回房間裡，突然間否定了唯吉的話：「我臉皮再厚，也說不來『請你抓住蟲子然後遠遠扔掉』這樣的話來，其實……」她的聲音非常華麗動聽，但模樣卻很恭謹：「我想請你幫忙的不是這件事，而是……」

《 8 》

現在，不聽她所謂的請求也不行了……那就聽吧，唯吉心中一陣騷動。

「我今天晚上在這裡這件事，請你不要告訴任何人……我的請求就是這一個。」她輕輕說道。

這件事似乎太容易了，讓人聽了甚至有些失望，但唯吉卻更加放心不下。照那些自古流傳下來的說法，如果有人請你不要跟任何人說，這人本身……往往就是那些最好不要遇上的存在。

「呃，跟誰都不能說嗎？」唯吉拿這話去試探她，想證實一下自己所看到的是不是這樣的存在。

「不，也沒有那麼嚴重……說是說跟誰都不要講，但尤其要對房子的管理員保密。」

「當然可以……可是，為什麼呢？」唯吉反問道，同時覺得自己好像是進入了一場奇怪的夢中。所謂的管理員，住在跟這裡形成三足鼎立之勢的房子裡，就在那棵柳樹的地方，同樣只隔著一層牆根。那人照例是個禿頭，如果他朝北睡在那邊平房的蚊帳裡，這樣的地勢差別，使得兩人就像是在禿頭的夢中，在雲端互相交談一般……

「如你所知……」也許是因為他們就在管理員的房子上面，女人壓低了聲音，但在這連電車的聲音都聽不到的深夜，依然清晰可聞。柳樹上也沒有風吹過，周圍一片寂靜……只有雲在天空中流動著，匆匆掠過月亮。她自始至終都很響亮的聲音傳到了唯吉的耳朵裡：「這裡現在是空房子……雖然我去年在這裡住過，但現在什麼關係也沒有了。我像這樣夜裡連個招呼都沒打就進來了，要是被別人知道了，豈不是不好意思。只是路過的時候看到招租的牌子，一想到裡面一個人也沒有，不由得有些懷念起來……」她轉了個方向，拿起團扇，一下子站起身來，朝院子裡看去。她的側臉更清晰地浮現出來，鬢髮也更明亮了，但草叢卻是一片昏暗。

「也難怪，當時你費了不少心血……可是在你搬走之後，水也停了，水渠都乾涸了。不過草叢倒還是依然如故。一直到最近，總共有四、五次有人搬來，不知為什麼都住不長，也沒怎麼打理這園子，所以一切都保持著你獨特的韻味。去年入秋的時候，龍膽花也開了……鴨跖草現在正是繁茂的時候……桔梗也長起了好大一片……在月夜裡，連露珠都像被染上了色彩，漂亮得不得了。沾你的光，我也享受了這美麗的景色。為了表示感謝，我點起燈來陪陪你吧。我可以從街上繞過去，到你家門口去接你……想到園子裡去看看嗎？不過，我手邊可沒有漂亮的紙燈籠。」唯吉一不小心說漏了嘴。

「啊呀，你還記得這麼清楚呀。」

「當然沒忘記。」

「求你了，」女人保持著站立的姿勢，突然向套窗斜靠過來說：「那個時候的事情請你忘了吧。我一想起來就覺得毛骨悚然……」

「是因為想到不小心被我看到了嗎？」

「不是，那陣風太討厭了……而且，那天晚上，還有一個可怕的惡和尚，敲著不祥的鉦[10]……」唯吉不由得把探在外面的胸口收了回來。

在窗外的一端，女人白皙的手清晰可見。她正從這麼近的地方看著這邊。

「呃……我記得你好像會畫畫，真是不好意思。」說到這裡她頓了一下，唯吉的確是在畫浮世繪。

「我當時身懷有孕……不想讓大家看到我這淒慘的樣子，所以就躲起來。那天晚上也不知道為什麼，突然想到好久沒有到院子裡去了，於是我就悄悄在露水之中，一邊走一邊撫摸著花朵。記得那陣溫熱的風吹來時，我感到一陣眩暈……結果倒在了產房。嬰兒生下來就是死的。光是這個就夠痛苦了，當時還有一件事也讓我不能自拔，而且到現在還記得很清楚，那就是如時鐘般當當響起的鉦聲，簡直就像把錐子塞進了肌肉和關節中，四肢、胸口、腹部都跟著一起顫動共鳴。就在胎衣快要下來的時候，還有下來之後，我聽到了那種聲音。當時我當家的剛好在場，他說，這聲音真討厭，太不是時候了。為了讓這聲音快些遠去，不讓我這個產婦聽到，他打開了拉門……結果，敲鉦的人居然正好站在我家

10. 一種鐘形樂器，在中國古代的一種命令停軍的軍用打擊樂器。

門口。」

「那個巷子裡的……」「是的……」「到底是誰……敲鉦呢？」「說是一個胖和尚。」

「什麼？」

這麼說來，所謂那女人的丈夫，看來不是二樓那沒有生火的房間裡，在妖冶的女人周圍轉來轉去的那個影子。

「真是太不吉利了。當家的一看，只見格子門外有一個黑色的綴著卍字的昏暗提燈，另一面還用紅筆寫著什麼，不過看不見，只能看見那個顯眼的卍字。一個和尚，穿著骯髒寬大的素底僧衣，顏色黃得發黑，腰間紮著深灰色的短衣，滿身橫肉，皮膚鬆弛著吊著，臉色蒼白而腫脹，如同注滿了水一般……我剛才說了，他就在那裡——但一看到當家的走出門，他就不再敲鉦，站在卍字朦朧的陰影裡。『怎麼回事？』因為家裡有病情危重的病人，當家的心中急躁，不客氣地說道，『吵死了！家裡有人得了急病，快走開！』結果，那和尚晃動著半是蒼黃半是深灰的身體，彷彿含著滿滿一口唾沫般，用黏黏糊糊的聲音說：『就是因為有病人我才來的。』他在鉦上『當』地敲了一下，『我是賣藥的，快買吧，看來我來得正好。』說著，他還露出褐色的牙齒笑了起來。『什麼叫來得正好，太無禮了，不是說了家裡有人生急病嗎？』當家的指責道。『看你氣急敗壞的樣子，我知道病人是什麼病了——是氣血上湧。』他點著頭，表現出一副了然於心的神情。」

唯吉覺得，僅僅是聽對方這麼一講，簡直就讓人受不了了，忙問：「真是個豈有此理的傢伙……究竟是什麼人？」

「你聽我說嘛……」

《10》

「當家的非常惱怒，急著要趕走那人，衝上前去問：『你究竟是誰啊？』『弘法大師[11]，』那人說著，又敲了一下鉦，『這是你夢寐以求的藥，可以迅速治好一切疾病。

11. 弘法大師空海（西元774—835）是真言宗的開山祖師，作為代表日本文化的先驅者也享有崇高的聲譽。

快買吧，我正巧到這裡來，你真是有上天保佑啊……不要那麼敵視我嘛。』『不要！』『那樣可沒什麼好處，』那人的額頭上出現了蜘蛛般的皺紋，翻著白眼，狠狠瞪了一眼說，『不買因為上天保佑而正好送上門的藥，病人會怎麼樣可說不準。不要的話你會後悔的。』『死了也沒關係，你給我快滾！』『死了也沒關係嗎，真是！』和尚吃驚地張大了嘴，他的整個上顎看上去都是黑的，就像是把卍字塞進了嘴裡，『真是沒辦法。』他『當當』地敲著鉦，把腰間深灰色的短衣輕飄飄地展開來，幾乎把提燈都罩在裡面了。臨走時，他上唇一翹，踮了踮腳尖，回頭看了一眼，就轉過了街角。『真是沒辦法……』討厭的江湖術士。」

女人低著頭，說到這裡停頓了片刻。

「沒多久，我就被搬上了擔架抬出了門。在去大橋附近的醫院的路上，因為我不願意別人看到我的臉，」女人若有所思地看了看天上的雲，夜色中被染黑的白雲油然而生，像是不斷從月亮中噴湧而出一般，「就在頭上蓋了一件棉睡衣，在連一顆星星都看不見的黑夜中向前行進。『現在是在清正公廟[12]門口……炒豆店的轉角、洋貨店……水天宮神社的後街……』每到一處，跟在擔架旁邊的當家的就會告訴我，讓我覺得，原來通向黃泉的道路，在途中也要經過這些我熟悉的附近街區。我覺得自己快要死了。記得在當家的沒有告訴我路線的間歇裡，只聽到蟲鳴聲響個不停。之前，身體出大事的時候聽到的鉦聲，也在耳邊陰魂不散……有時聽到蟲鳴聲，也會覺得那就是敲鉦的聲音，頓時血往胸口湧去，像是連聲敲響的警鐘一般……而且，後來聽當家的說，擔架抬出去的時候，在擔架上的提燈前邊四、五尺的地方，那個畫著卍字的燈籠也亮了，在前面飛快地走著。」

「那、那個和尚……」

「是的……他也沒有走遠——沒買他的藥，他懷恨在心了——也許是在等待著什麼。從第二條巷子起，燈籠就出現了，也不管當家的是不是恨得牙癢癢。賣藥的在街上走，也沒有任何不妥。再說了，擔架上抬著這麼一個重病人，他也料定了當家的不能跟他當街吵起來，所以他就惡狠狠地瞪著這邊，只管走著。不過，每次當家的告訴我這裡是什麼地方、

12. 位於東京都港區的覺林寺，因設有安土桃山時代和江戶時代著名的武將和大名加藤清正的牌位和塑像而被老百姓稱為「清正公廟」。

那裡是什麼地方時，燈籠就會消失片刻。好像在清正公廟門口、炒豆店的轉角、洋貨店和水天宮神社的後街這些地方，時不時就看不到了……」

《11》

「可沒過多久，卍字又出現了，還是在前面走著。當家的一看見，就覺得滿肚子屈辱，連喉嚨都像是被堵住了，一句話也說不出來。當家的沉默的時候，正是敲鉦的聲音讓我渾身顫抖的時刻。當然，和尚只是在前面一步步走著，腰間的深灰色短衣搖搖晃晃，一下也沒有敲過鉦。但在我聽來，『當當當當』的聲音卻總是冷不防地朝著我的眼睛和嘴巴裡鑽。我昏了過去，覺得嘴裡一片冰冷，才明白過來原來自己是在擔架上……鉦又猛地敲了一下，這時擔架也正好進了醫院的門。而且這門……你要知道，既不是大門也不是便門，是繞過土牆一圈後才能到達的後門，是木制的簡易門，那裡有一棵很大的米櫧樹。當然，半夜兩點送到醫院，大門和便門都關了，繞到後門去也是可以理解的。但我後來一問才知道，這扇簡易門是專門用來把醫院裡的死屍偷偷運出去的，所以才會特意在夜裡開著，原來是不淨門！真是夠嗆，呵呵呵。」她寂寞的笑顏緊貼著窗框，側著頭，灰白的臉龐看著這邊。

唯吉不禁又是一陣毛骨悚然，問道：「和尚呢？」

「問得好……」不知為何，她的聲音更近了：「他就站在那棵被擋在牆外的大米櫧樹下，拿出半張紙裁成四條那般大小的細長之物——大概是膏藥吧——遮在燈籠的上面，嘴裡還發出呼呼的聲音，」女人說著，似乎有些氣急，「吐著黑色的呼吸……當擔架擦身而過時，他緊緊靠著木門的柱子，只見一個蒼黃、腫脹的手掌在上面撫摸著……一行人垂頭喪氣地從那裡進去。就在擔架經過一個蓋得嚴嚴實實的巨大古井旁時，只聽『當當當』幾聲巨響。實在是太過分了，當家的正準備衝回去……只見賣藥的和尚高高舉起沒有柄的燈籠，仰起頭來向上望去，他的視線越過米櫧樹的樹梢，如同在看著屋頂一樣，說了一聲：『我先送來了。』不知從何處傳來一句女人的回答聲：『您辛苦了。』大家正疑惑時，只見灰色的門扇打開了……因為是後門，到處散落著油紙，在走廊的盡頭站著一個護士，正準備接收擔架。當家的注意力被她吸引過去了，從那以後，賣藥的就蹤影全無了，呃……」

她停了片刻，接著說道：「不過這些都不是我自己看到的，接下來我再說說自己都經歷過什麼吧。非常奇妙的事情。前面這些事都是後來當家的講給我聽的，我自己呢，只聽到鉦的聲音在耳邊陰魂不散地響著，剛剛有點迷迷糊糊，就聽到槌子『當當當』地敲打在枕頭上……古時候據說有不讓睡覺的刑罰，比起鑼、鐃、鼓一起敲響，鉦獨有的聲音，更加響徹全身，穿透經脈，跟那種痛苦相比，每天打三次針的疼痛，根本算不上什麼！」

《 12 》

「說起來……雖然這麼難受，可我不要說稍微翻個身了，因為有醫生的命令，連動也不能動一下。雙腿直直地並在一起，雙手緊緊貼在腋下，之後就保持這個姿勢不動，只能盯著入口的地方，盼著大門能打開，好看到有人來探病。娘家的母親和姐姐們輪流來看護，但我仍然盯著那扇門，並不僅僅是因為對他人的依戀……如果接下來有兩三個人一起進來的話，我就覺得一定是來告知我大限將至了，是不是馬上就要留下遺言以免牽掛呢？真是太可憐了……我就這樣圓睜著雙眼，似乎這才是唯一的目標。這樣一來，我雖然痛苦，也能得到片刻寧靜……窗戶的玻璃非常通透，把秋天響晴的高遠藍天也濾得透亮，不知道該說是像海底，還是別的什麼。那玻璃就像是進入了嚴寒季節的月亮深處，結成了一片白色的冰。我的手、臂膀以及胸口各處都變得像奶水一般白淨，也許可以說是晶瑩剔透，透過薄薄的棉睡衣清清楚楚地映照出來，布料如同絲綿，又像吉野紙[13]一般裹住了血肉和骨骼。房間裡清清爽爽，沒有一絲灰塵，即使有也非常通透。牆壁的顏色非常白，就像是掛著一面白玉做成的大鏡子。就這樣，我也不知道過了幾天，也不知道是白天還是黑夜，突然間發現，在我的床邊坐著……一個不認識的人。」

「啊，你說什麼？」唯吉脫口而出，不由得把脖子縮回了窗內。

13. 以楮為原料手工抄制的日本紙，質地輕薄柔韌。原產日本大和國吉野。

「我一刻也沒有把視線移開，目不轉睛地盯著看，的確是一個從來沒有見過的人……是一個四十七、八歲接近五十歲的女人，沒有眉毛，長臉，面色蒼白，顴骨略微有些突出。她的頭髮不多，都梳得整整齊齊地紮在一起，跟身上的衣服很相配。衣領是淡黃色的，和服是深灰色的，又有些發藍，由內而外閃著光芒，外面罩著什麼圖案都沒有的白色和服外套，一條似乎是黑緞子製成的狹小腰帶繫在稍低一點的位置。我抬起前額往上看去，只見她前胸挺得直直的，低著下巴，鼻子朝向這邊，帶著威嚴的架勢，正跪坐在我的左腰邊上，既不說話，也不動，只管目不斜視地從上面看著我的臉。而且……奇怪的是，我不是仰躺在病床上嗎？只見那個跪坐在我左腰邊的女人，膝蓋竟然貼著病床的邊緣浮在半空中。」

唯吉沉默著沒有說話。

「……她的雙手骨節突出，但並不瘦，就這樣端端正正地交叉平放在膝蓋上，發藍的衣服包住了膝頭，長長的下擺整齊地垂向懸浮的身體下面的地板，似乎能透過下擺看到後面一般。不光是在清晨，無論是在白天、晚上、半夜還是黎明，自從看見她之後，就我所記得的情況來說，她就這樣一動不動地凝視著我的臉，一刻也沒有停下來過，甚至連膝蓋都沒有上下挪動過一次。真是討厭、討厭、討厭。這種感覺簡直無法形容，我想說些什麼關於這個女人的話，卻對任何人都說不出一句……就像是身體被釘住了一樣。不過在這樣的境遇中，女人那長長的黑髮，讓我稍微感到了一絲快樂。長髮像瀑布一般披落在枕頭上，讓我覺得一片冰涼，如同將一塊冰在下面鋪展開，一根頭髮被風吹亂了，我用舌尖吸過來，乾涸的嘴巴立即變得清涼，連嘴唇也變得濕潤了。」

《13》

「比起冰袋和打針，冰冷的頭髮更能振作精神，讓我一次又一次地甦醒過來。每次醒來時，我都能看見那個女人還在原處，保持著手放在膝蓋上的姿勢看著我。不知道為什麼，雖然她就在那裡，但我覺得她隱藏在一般人看不到的空氣之中，那裡連灰塵都變得通透，只有我才能看得見她。明明就在那裡，對護士或者其他人的視線卻沒有造成任何阻礙，甚至有時候，眼看護士白色的身影走著走著，就若無其事地從那女人的和服中穿了過去。第五天……我是後來才知道的。就在那天早上，黑髮依然冰涼，讓我感到一陣深深的愜意。『你……』那女人依然凝視著我，突然就這麼開口了。」

「什麼，那東西開口了？」

「我現在還忘不了，連聲音都記得清清楚楚，『你還真頑強……我先去別處了。』她說著，看了我一眼，『唰』的一下消失了，不知道去了哪裡。上午，前來查房的醫生大吃了一驚。我的脈搏突然好多了，好到不可思議的地步。當晚直到第二天早晨，我的病情如同薄紙被一張張揭去一般，不斷好轉。這樣的話，看來是有救了，本來都已經放棄了，連醫生也這麼說。聽陪床的親友說，連著五天，其他病房的人都在議論紛紛，說著這個病人過不去今晚，就在今晚了。結果……就在我病情好轉的第二天夜裡，隔壁房間的女人，跟我的病一模一樣，但不同的是，她的情況開始很好，突然間急轉直下，死了。屍體在黎明時分從後門運出去了。真是太殘酷，太對不住她了。有這麼一種說法，患了同樣一種疾病的人並排躺在一起時，總會有勝有負。雖然，我和她隔著一層牆壁，仍然可以算是共枕而臥。姐姐說：『似乎是隔壁的人代替你去了，等你好了，我要去找她的墓參拜，你也跟著一起每天都去參拜吧。』我躺在床上，雙手合十為死者祈冥福。時間一天天過去……到了已經不打緊的時候，當家的把那天敲鉦人的情況，還有從後門進來的事都告訴了我。我已經好多了，基本上不用擔心什麼了，神志也很清醒。我讓當家的幫我把頭髮紮起來，就像這樣……」

她說著，溫柔地伸手摸了摸頭上用梳子固定的頭髮，語氣聽上去很愉悅，天真而嬌弱的樣子，顯得楚楚可憐。

「早晨喝牛奶的時候，我正無所事事，悠閒自在，笑眯眯地獨自待著，突然聽到『哇哇』的哭聲響起。啊，凌晨的時候有人生孩子了。旁邊死去女人的病房是空著的，再過去一間病房，有一個十八歲的……初產婦，孩子的哭聲就是從那裡傳來的，聲音不經意間傳到了這裡。走廊裡傳來啪噠啪噠的腳步聲，護士們打開門，一邊說著：『啊，真可怕，太可怕了。』一邊毫不客氣地闖進來。『聽我說，隔著一間屋子的病人，說了一些奇怪的話。就在剛才，也不知她是怎麼回事，病情突然出人意料地加重了。大家按也按不住，她瑟瑟發抖，看著天花板喊道，那裡有個怪物在盯著她，快弄走，快弄走，就在吊著的電燈上，那怪物。她一邊說一邊痛苦地扭動著。真是讓人聽了不舒服。』如同一盆冷水迎面潑下，我頓時一陣毛骨悚然，連話也說不出來了。她們一副隨時要逃走的樣子，把門壓得半開，通過走廊定神傾聽，『啊，好像已經死了。』大門『砰』的一聲關上了，她們都跑過去看。只聽腳步聲越來越遠，『哇哇』的哭聲也越來越微弱，大概產婦留下的嬰兒也從她身邊被抱走了。隔著三、四層牆壁，我躺在床上如同凝固了一般，目不轉睛地盯著那個方向看，只見對面牆壁跟天花板相連的地方，那個女人就在那裡。」

「什麼？」

「就坐在我抬頭就能看到的地方，膝蓋彎曲著，和服的下擺垂落下來，藍色的衣服閃閃發光，突然間就出現了。『你看，我又來了……』說著，她的手就交叉放在膝蓋上，飄飄搖搖地向我枕邊飄了下來。在她腋下，有兩隻又黑又大的手從背後不知哪裡伸出來，一動不動地擱在她面前。她懸空坐著，慢慢逼近我的病床……」

突然間，女人的聲音有些遲疑，默默地回頭看了看。唯吉也回頭看了看自己的房間。「還有一點……」只聽到對面的二樓上，有人在黑暗中說。唯吉緊緊抓住了窗框。

女人明明白白地把臉轉回來，說：「就那樣……那雙黑色的大手，從藍色的袖子下面一直伸出來，掐住了我的咽喉。」

唯吉猛然間一驚，只聽一陣駭人的聲響，團扇「啪」地掉了下去，發出「哐啷哐啷」的聲音，沿著廂房屋頂的瓦片滑了下去，落在了草叢中。

「啊……」一聲悲慘的哀鳴讓唯吉抬起了頭，只見一雙如同影子般的黑手，從背後緊緊抱著女人，壓得她的雙臂不能動彈。女人的身子縮成一團，白皙的手指壓在胸口，正在瑟瑟發抖。唯吉再也無法忍受下去了，一下子臉朝下伏在了地上——

蟲鳴聲中，夜色越來越深了。

——原刊於《地球》第1卷第7號，一九一二（大正元年）年10月

幻

往來

「幻」即幻境之意，「往來」即是來去、交際之意。

「幻往來」指幻境中的遊歷，

又或者指與幻化之人事的來往之故事。

《 1 》

因為稍許有些古怪，這裡就不寫這幢樓的樓名了。無論是走廊的角落，還是菸灰缸中都一塵不染，每間房的燈都亮著，看上去人丁興旺，但這其實不過是主人獨特的癖好。擺放在中庭的大缸裡盛滿了雨水，在風雨蕭蕭的暗夜，時時發出輕響，在屋裡也能聽見。有一位法律系的學生經常到樓裡來，說是為了研究這聲音，其實只怕並非如此。這人在一次赴宴歸來時，硬把當時還在醫學部的橘拉了來。橘是我的好朋友，所以——才有了下面這個故事。

橘並不是那些標榜「學若不成誓不歸」的信州鄉巴佬，而是下谷生人。不過他還從未涉足過花街柳巷，無論是去那裡賞櫻花還是看滑稽戲，都不曾有過。因此當他第一次被一輛肩膀後面有著靠背的雙座人力車拉到這裡時，不由得被大門外停車場裡的人山人海吃了一驚。

廟會再過兩三天也要結束了。此時，途中的風吹在他身上，酒也醒了，四周越明亮，他心中就越是感到愧疚。他有些畏縮，想要回去，卻被那個法律系的學生抓住不放。法律系學生進了大門，帶他去了左邊的煙花茶屋。法律系學生看來是熟客，女人們似乎早有默契，從剛才起就在走廊上投來熟識的目光。「我知道你，你不就是想到出來偷歡而心神不定嗎？好了好了，趕緊去吧，趁現在還有房間。不對，且慢，今天這裡好像有安排了。那還是去別的樓吧，別這樣，又不是只有這裡才有女人。不要開玩笑了，快點快點！」就是像這樣催促著，透著古怪……一個肩上掛著睡衣、雙手分別提著上漿的白衣和燈籠的人走在前面，把他們帶到了那幢三層樓，也就是大缸發出聲響的所在。

他們走上寬闊的樓梯，迎面的大廳點著煤氣花燈，剛剛進去還沒坐穩，就看見一個青年走出來，說是去房間，就帶著他們上了走廊。

橘只得拱著手，低著頭。桌上擺了酒盅，還有三碟小菜，他喝了兩三盅，突然打了個寒顫。他不看那旁邊服侍女人的臉，只是盯著切成粗圓片的醋拌章魚觸手，暗暗感歎不已：在一力茶屋裡，由良之助面前擺著的應該也是這東西[14]。青樓這地方，怎麼都喜歡拿海裡的怪物來招待客人呢？他端端正正地坐著，要說無聊也真夠無聊的。雖然也抽菸，但一句話也不說，在這陰暗的房間裡，也許睡一覺反而更好。他正準備離去，一個老太婆進來了，只見她穿著緞子領的夾衣，外面又披了一件單衣，沒穿襖子，胡亂纏著一條男式的博多腰帶，太陽穴上貼著一粒梅乾，挺著胸走過來。她像是讓病人進門診室把脈一樣，說：「請這邊來。」

橘有些遲疑，站著沒動。老太婆皺著眉頭，上下打量了他和法律系學生兩眼，問道：「是哪一個？」

茶屋的女人在邊上說：「這位。」

老太婆點點頭確認道：「是這位，來吧，請這邊來。」

橘無可奈何，只好也跟著問了同樣的一句：「哪一個？」

「這位這位。」她句尾上揚地說道，也不伸出手，引著橘到了門外。出門之後，她又用下巴示意橘穿上草屐。

「整個把我當成北八[15]了……」直到現在，每次說起這事，橘都會忍俊不禁。

他們走下三級滑溜溜的樓梯，路過一間點著電燈的廁所。

這是唯一地勢較低的地方，兩人又往上爬了兩三級樓梯，走廊的盡頭就是陪客女的房間了。橘正想著趕緊回去，突然透過上面房間裡點著燈籠的屏風，隱隱看見帶穗子的枕頭、繡著金絲花紋的天鵝絨被套，以及厚棉被的大紅裡子，不由得吃了一驚，一下子坐在外間的長方形火盆邊上。

「快換了衣服吧。」

「不用了。」橘欲語還休，只管拿起一旁的小報，躲在掛著時鐘的樑柱後面，渾身僵硬。

跟來的茶屋女人咄咄逼人地說：「什麼不用了不用了？」說著一把搶過報紙：「你

14. 一力茶屋是《假名手本忠臣藏》的第七場，內有大星由良之助為掩人耳目而沉溺於花街柳巷的情節。該劇是日本傳統木偶戲淨琉璃和歌舞伎劇碼，劇名中「假名」為日語發音字母，共47個，暗指47義士，手本是榜樣之意，藏是倉庫、薈萃之意，即47位堪稱楷模的忠臣義士聚集在一起的故事。

15. 由十返舍一九撰寫的滑稽書《東海道中膝栗毛》的主人公，「栗毛」指毛呈栗色的馬，「膝栗毛」意為以膝為馬，即徒步之意。該書講述彌次郎兵衛和北八（一作喜多八）一起徒步遊歷東海道的滑稽經歷。

看你，報紙橫著拿也可以看嗎？」

聽說在這種情況下，猛士就會勇往直前，可他卻是個極其懦弱的兵卒。報紙被搶走，這裡又是人生地不熟，橘頓時覺得手足無措。他頭昏腦漲，嘴裡發乾，只管默默地低著頭。這時，陪客女麻利地走了過來……

「怎麼了？」「沒事，看來沒有美女的話，他還不肯睡呢。」「是嗎，那太好了，」一陣略顯沙啞的聲音笑道：「真了不得呢。」

「美女就交給你了，請你多關照，好了，我們走吧。你看，他在害臊呢。」稍微交談了兩句，老太婆和女人就藉故離開了。橘已經二十三歲了，不過在別人眼裡顯得要年輕三、四歲。

「喂，快換衣服吧，為什麼不換呢？那麼至少把外褂脫了吧。」說著，一雙玉手從他背後伸過來，越過他的肩膀要解開胸前的扣子。

橘感覺自己就像是殘兵敗將，被囂張的土匪抓住，剝去身上的紅繩鎧甲一般。他緊緊按住衣領，身子一動也不動，臉也不知道朝哪邊好。突然間，他看見放在床頭的燈籠上有女人的筆跡寫著：

「曉來天氣朗，轉眼要分離。」這首和歌描寫的是同床共寢之後早晨的別離，只寫了前半句[16]。橘凝神細看，眼睛連眨也不眨一下。陪客女看來拿他沒辦法，放開了手，蹺起二郎腿坐在火盆的對面。橘定下心來坐正，把手放在膝蓋上，轉過身來說：「阿姐，我根本是來作陪的。今天沒有心思玩，沒辦法。下次想玩的時候一定會獨自前來，那時再找你。」

這麼一說，女人說了一聲「好的」，輕快地點點頭，然後莞爾一笑，就這樣輕輕拉開隔扇出去了。

橘這才鬆了一口氣，擦擦汗，正襟危坐的姿勢也放鬆了下來，拿出菸吸了起來。

過了一下子，剛才的老太婆進來了，看來她也明白了橘的意思，沒有再怪里怪氣地說什麼，只是倒了一杯茶，說道：「大水淹到向島的時候可真是夠嗆啊。」沒過多久，來

16. 後半句為「各自穿衣起，去留兩可悲」。選自《古今和歌集》第十三卷，原作者不明。

接他的人到了，橘也來不及收拾一下，就離開了房間，只聽錯雜的腳步聲響成一片。

走到剛才路過的廁所附近，橘看見有一個女人背對著站在走廊邊上，看不清模樣。她穿著淡紫色的縐綢會客和服，上面印著三個家徽，不知道是不是感到寒冷，她把下擺緊緊裹住，顯得肩膀很窄，身體瘦小，用梳子挽起來紮好的頭髮稍微有些蓬亂，露出潔白的後頸，給人一種憔悴的感覺。那身體看上去婷婷裊裊，似乎蒙著一層薄薄的霧。橘看了一眼，打了一個寒顫——走廊上的風也很冷。

橘無暇去看她的臉，叫上同伴一起打算從二樓走下去。樓梯走到一半時，他跟一個似乎是送客回來的女子擦身而過。那女子把一隻手放在懷裡，提著下擺向上走來，看那風情似是芙蓉隨風搖擺一般，步履稍微有些不穩。她的頭髮也是用梳子挽起來的，兩綹沒攏上的短髮掛在臉頰上。橘猛然間看到，卻如同迎面潑來一盆冰水，再次感到一陣毛骨悚然。

兩人一起坐車回去的路上，剛過上野的道口，同行的朋友便問：「橘，怎麼樣？」

「什麼怎麼樣？」

對方又問：「你怎麼想的，有沒有什麼感受？」來的時候恰好在同一個地方，他也曾昂然說過，是男人的話怎麼能到了這裡還知難而退呢？當時橘也不介意，說自己完全可以就這麼回去。於是同伴滿不在乎地說：「那就在這裡分道揚鑣吧。」

在歸途中被這麼問，橘還沒有什麼感覺，要說原因的話是這樣的：這種藥的作用，對於有的人來說起效很快，而對於有的人來說卻很慢。

「你大概就屬於比較慢的那類人吧，第二天早上再看看，一定會覺得宛如上天的恩惠。」他一邊獨自想道，一邊在心裡也覺得好笑。但是，也許是藥開始起效了，隨著日子的流逝，他開始變得思慮重重，心中越來越焦慮不安。只是當時把話說得太滿了，不好再改口，他簡直為此煩惱不已。

這裡其實有著很深的緣故。正好在兩年之前的夏末時分，橘想要買一本醫書，打算到本鄉[17]去，爬上無緣坡，到了龍岡町，在豐國之前左轉時，前面有一頂轎子從枳殼寺

17. 位於東京都文京區東部的地區，東京大學所在地，附近醫學出版社和醫療機械商店較多。

那邊穿過警署和區公所而來。擦身而過時，只見裡面鋪著黃底的格紋綢被，上面嚴嚴實實地蓋著同樣質地的棉睡衣，一個明豔不可方物的女性，大約二十來歲，靠在大大的紮口枕頭上，濃密的頭髮用梳子挽了起來，還是在枕頭上漫了開來，看上去非常淒涼。她瘦弱的手中拿著彩繪的團扇，稍稍遮在上面，白魚般的指尖帶著倦意畫著圈，就這樣被靜靜地被抬著走過。

橘不由得回頭去看，並停下了腳步，只見一個穿著西裝的文雅紳士，大約是病人的哥哥，還有一個清秀的女傭，以及看上去像是乳母的老太太陪在轎子前後，打著遮陽傘製造出一片陰涼。病人就是這樣被遮護起來，一行人顯得鬱鬱不樂地走進了大學的校門。

據說從那以後，無論是睡是醒，橘都未曾忘記那副面容。不過，由於他是學籍掛在大學裡的醫學系學生，在醫院裡有些關係，終於打聽到了那美人的名字叫做霧島民……而她所患的是肺結核。

自從那件事情以後，他覺得有些內疚，哪怕是有事要辦，也不好意思進出醫院了。在儘量遠離醫院的過程中，一年過去了。美人的面容因為令人難忘，而不必時刻想起也能記住，雖然隨著時間的流逝逐漸黯淡模糊，但是那幻影卻如影隨形，從來沒有離開過他。

到了去年初秋，那天是一個月夜，與他被引誘去花街的那個晚上一模一樣。

那時，橘已經搬到了丸山那邊，因為要去本鄉辦事，爬上了菊坡。真是不可思議，迎面走來一個女子。她穿著白底的大小適中的單衣，上面披著條紋短褂，垂頭喪氣地走了過來。那女子的臉……以前一定見過。他忽然覺得很親近，把她讓過去之後，又仔細想了想，一時間卻想不起來。

他老是惦記著這件事，用盡全力去想，因為太入神了，一不留心走上了大路，繞過警署的拐角，才猛然間醒過神來，自己原本並不是要到這裡來的。

他自己也覺得納悶，正打算返回時，忽然又看到五、六米遠的前邊，又有一個女子的背影朝前走著。

打扮、髮型與和服看不清楚，也許是月光的緣故，灰色中帶著蒼白的朦朧身影，一眼看去應該就是那個人。就在這時，橘才想到在菊坡初次遇到的女人，之所以會覺得眼熟，原來正是因為這副深深印在心中而難以忘懷的面容……就跟那個病美人的容顏一模一樣。

與此同時，前面的那個背影蹣跚著向前遠去，剛剛走進學校的大門，就消失不見了。

他目送著在月光中一步也不停留的背影，一陣茫然若失，覺得世界似乎不再清靜了。他就這麼沉思著，連原本要去本鄉辦的事也忘了，糊里糊塗地回到家中。

「算了，早點睡吧。」

第二天，橘在書桌旁昏昏沉沉地待了一整天。後來他實在忍耐不住了，離開了家——他去了大學醫院，想去看看印象中掛在三號病房的霧島的名牌。橘在醫生和護士中都有不少熟人，但他卻不管不顧，闖進內科病區深處，來到自己所認定的那扇門前，感到自己的心跳越來越劇烈。他還不肯直接去看牌子，先走到對面佇立不動，凝視著牆壁，然後猛地轉身準備回去，趁機凝神一看。沒有，那個人的牌子並沒有掛在那裡。

橘就像是看到家鄉的變化一樣，感到掃興極了，覺得自己所做的一切都是錯的，趕緊偷偷摸摸地匆匆離去。

黃昏時分，周圍已經有些暗了，靜悄悄的，一個人也沒有。醫院大門口邊上放著很多紅色帶子的草屐，不管是裡子翻過來的，還是鞋底朝天的，都被紮成一捆捆的，堆在一起。到處打掃得乾乾淨淨，顯得空蕩蕩的，只在放椅子的地方有一個火盆，裡面隱約還有火種。於是，他抬頭看看天花板，停下步子放鬆下來，掏出煙管，站著吸起了一袋煙。他的心情鎮靜下來，感到呼吸間一陣輕鬆。

「喂，快過來。」只聽一聲叫喊。一個六十歲上下的勤雜工出現了，他穿著小倉的舊西裝，下唇很大，緊閉著的嘴巴向上翹著，眼神中還有些親切，眉毛又短又粗，頭上沒有頭髮。因為以前就認識，所以橘也用不著客氣。

「什麼事，老爺子？」

「又下雨了。照這麼下去，九月節[18]的時候只怕天氣也會很糟糕。一兩糙米本來有四升的，現在也要缺兩三合[19]，這簡直太可怕了。咱們年輕的時候……當然，那時候，

18. 日本雜節之一，原文為「二百十日」，指立春後的第 210 天，一般在九月一日前後，是颱風較多的季節。
19. 日本容積單位，一合相當於一（日）升的十分之一，約等於 0.18 升。

有自己房間的頂拔尖的花魁也只要三分錢，米就更便宜了。當時可以當一百文用的天寶錢，真是要多少有多少。那時候連人也無憂無慮的，所以呀，根本就沒有什麼病人。」

「近來只有病人和孩子越來越多，都是些閒著沒事生出來遭罪的，病裡面最嚴重的是肺癆，呃，也就是肺病。以前一旦確定是癆病就很頭痛，簡直可以說馬上就要去寺院上死人名冊了。最近人們又對這病議論紛紛。我們這的病人也有一半多是這病。不巧的是，這病還容易找上年輕人，還是要小心才是。今天可惜又走了一個，唉！」

橘聽這個勤雜工說，那個他意中的美人終究是沒有好轉的希望，出院了。當抬著她的轎子走出待了一年多的醫院大門時，她低聲說了句什麼。陪同的人確認了兩、三次，病人說的是：「要經過龍岡町嗎？」

回答是會經過的，她點點頭，閉上了眼睛，然後就像是死屍一樣被抬出去了。勤雜工說，當時他就在這裡，全都看在眼裡。

「要經過龍岡町嗎？」聽到這句話，橘的臉色一下子變得蒼白。他心裡本來就為此迷惘，所以大驚失色也難怪。尤其是聽說她還是坐在同樣的轎子裡出去的，眼前似乎又浮現出了那天的情形。

他用顫抖的聲音，裝作若無其事地問道：「不知道她是哪裡人呢？」

「說要經過龍岡町的時候，好像提到過她家在下谷的徒士町。」勤雜工告訴他，同時又喟然捶胸長歎著說：「不光是以前，就是現在，肺病也還是揭不下絕症的標籤。哪怕把燒黑的樹根或草葉拿來蒸餾，然後再用來洗澡也無濟於事。不過，說也奇怪，我就知道一種方法，現在已經不大流行了，但是的確有人用來治好了這種嚴重的疾病。這種方法又不能跟醫院裡的醫生說，那些打算住院的人呢，我說了他們也不會採用，所以每次看到他們被束手無策的醫生送出來的時候，只好閉上眼睛不看了。」

「是什麼方法呢？」橘用認真的神情問道。

「沒有什麼稀奇的，不過是車前草的葉子罷了。」老爺子自嘲般地隨口說道，但是看他的神色就知道，這是他內心深為自負的重大秘密。

「車前草的葉子要怎麼用呢？」

「呀，怎麼？不是吧，你還真要打聽啊？罷了，那我就告訴你吧。」他把手伸進寬大而破爛的衣兜裡，取出一張折成三折的鞣皮紙，從底下又拿出一個小紙包，打開紙包，拿出一片幾乎看不出草葉顏色的東西，放在手掌上。

「就是這個，你看，這裡分成了兩個岔。分成兩個岔的車前草可不多見。而且，還要把它陰乾再塗上油，然後再陰乾，反復幾次，費上好大工夫才成的。那麼，要說它怎麼用呢，在肺癆病人躺著的房間裡，晚上把燈熄掉，白天把窗關上，保持黑暗，然後跟病人的床褥並排鋪一張新席子，聽好了，接下來就該用到它了。」他說著，動了動手掌，車前草的葉子在手上微微顫動。

「把它點燃，像這樣放在病人的額頭上……」說到這裡，他嚴肅地緊閉著嘴，嘴唇的中間上翹著，重新拿起草葉，向前送出去，放在橘眼前，讓他透過葉子看過來。

「從頭上照過去，不是會有影子嗎？把病人照在右邊席子上的影子緊緊卷起來，輕輕抽出來並拿出去，立即扔到河裡沖走。這不是魔法，所以不需要什麼咒語之類的。就我所記得的，就有七個人是這麼治好的。你是搞學問的，也許會覺得這麼做太愚蠢了……」

勤雜工一邊說，一邊仰天大笑起來，他那時候的風采，看上去簡直就像是一個神奇的道士

——橘後來這麼說。

因為心有所想，橘以其對道士的殷勤和信仰，求得了一片所謂的靈草，放在懷裡離開了醫院。在道路盡頭的枳殼寺大街上，來去匆匆的人群中，他恍如閉著眼睛一般，交叉著雙臂，低頭走過黃昏中的龍岡町，那裡已經可以看見星星點點的燈光。忽然，他彷彿從夢中醒來一般，回過頭去看了看大學正門，當時束髮女子的朦朧背影消失的地方……並大步流星地走了過去。

這麼敘述，讀者大概也能看出，橘在走過這條留下很多紀念的街道時，心中是多麼難受。

他自己也知道——甚至是醫院裡的名醫也束手無策，病人也做好了最壞的準備回到家中。到了這個地步，反正是沒有希望痊癒了，哪怕是虛無縹緲的希望，也只能先抓住再說，不管是神佛的力量，還是道士的靈藥。

橘最初是想拿著靈草，直接前往霧島家的大門，告知來意後，被人請進病房，正好在夜裡，點起車前草照出她的影子。對於就要這樣離開人世的女子，親人的戀戀不捨一定不比自己遜色，哪怕素不相識，也不會有什麼關係的。在他迷亂的心中，甚至心猿意馬地想到，自己跟那位病人之間有著幽冥相通的因緣，只要一到她家門口，就已經有人站在那裡企盼他的到來，用不著說話，就已經心意相通了。

到達徒士町的時候，天已經黑了。霧島家的宅第不用問人，馬上就找到了。然而，這毫不費力找到的氣派大門，卻讓橋變得膽怯起來了。而且，緊鎖的大門上還裝飾著森嚴的鐵制鉚釘飾片。

如果是淺陋的房子，能夠看得見裡面，他說起話來還更為輕鬆一些，而像這樣城牆般的高門深院，就有些困難了。

沒有什麼出來買豆腐的女傭，看來根本就沒有緣分，也找不到機會搭話。可是看病人的情形，也不能暫且回去下次再來。所以他就站在附近不肯離去，在霧島兩個字前面來回走著……

雖然沒人說什麼，他還是怕人看到，儘量躲在陰暗的角落裡。在這明亮的月夜裡，露珠也放射出光芒。

不久，街上的行人就絕跡了，他走在巷子中的腳步聲聽起來也更響了。算了，豁出去了，闖進去吧。最後，他這樣想著，身體靠在大門上開著的小門那裡，豎起耳朵聽著周圍的動靜，一動不動地站著。就在這時，一個郵遞員如同從月夜中飛出來一般，直衝過來，擦過橘的身邊，幾乎把他的身影分成了兩半。橘連忙驚叫一聲躲開。郵遞員推開小門，飛快地跑了進去。只聽一陣急促的鈴聲響起。

橘往後驚跳開的瞬間，還遠遠聽到屋子門口有人高喊了一聲：「電報！」他趕緊回身轉過一條小路，逃走了。

只見前面有一間柴房鎖著門，門前一片黑暗，屋頂在月光中呈白色。橘躲在堆得比屋頂還高的柴堆後面，才稍稍放下心來。如果是自己剛才打開了門，同樣會響起那急促的鈴聲，一想到這裡，橘不由得吸了一口氣，冷汗直流。他蹲在那裡等待著心跳平靜下來。也沒有人經過，因此他總算不那麼緊張了。他正下定決心準備回去，往旁邊一看，屋簷下停著一架廢棄的大板車，車把緊緊貼在柴堆上。粗大的車輪在月光下歷歷可見。上面還散落著兩三塊碎炭和乾燥的樹葉，擱著一張新席子。

橘一動不動地盯著看。就在炭店的對面，有一棵瘦弱的柳樹。耀眼的月光照射在有裂紋的玻璃上，發出熠熠的光輝。地處這偏僻角落的理髮店，門窗都搖搖欲墜，屋頂也東倒西歪，同樣一片寂靜。在理髮店和柳樹後面，這巷子的一側全是一堵厚重的土牆。剛才他繞著宅子徘徊過幾次已經弄清楚了，牆後就是霧島的家。

他一邊看著，一邊忘我地佇立著，摸一摸衣袖，火柴還在，懷裡是包著靈草的紙包。據說，他就是在這裡下定決心的。也不知道當時是怎麼想的，大概是有點鑽牛角尖吧。而且，看剛才那個情形，女子的病勢也不容樂觀看待。

他悄悄把席子從板車上拿下來，木炭的碎屑沙沙地掉落下來，稻秸凌亂地落在衣領和衣帶上。他斜穿過巷子，緊貼在對面的土牆上，壓住席子的一角，一圈圈地慢慢打開。席子被垂直地懸掛在牆中間。這時，他不安地左顧右盼了幾回，這才取出懷中的紙包，試著放在席子的上方。許是靈草的確有靈，只見在月光下，車前草分成兩岔的影子映在了席子上。橘覺得，光是這樣應該也多少有些靈驗吧——他一心認定，在這堵牆後面，隔著院子，在樹叢中隱約可見的青黑色瓦頂下面，就是霧島民的所在，臉色蒼白，高鼻朱唇，雙目緊閉，幾絲頭髮散亂在純潔的額頭上，在人們無言的注視下從容死去。橘就這樣在心中默念著，擦著了火柴，火焰剛剛碰到葉子，那經過道士施法的車前草就忽地一下子燃了起來。

這時，屋裡的病人從枕上抬起頭來，翻了個身，把美麗、蒼白而高雅的臉龐朝向這邊……他心中浮現出這樣一幅畫面。在離席子很近的地方，火苗仍在翻滾著。

這火苗映得他的手指根都發紅了，卻突然熄滅了，就在它快要從這個世界上消失的瞬間，在新席子中出現了一個挽著頭髮的女人的影子，清晰地現出了半身。片刻之間，影子就越來越大，向上延伸而去。它正要悄無聲息地離開席子、來到土牆上的時候，橘慌忙抓住席子，彷彿是想用身體嚴嚴實實地蓋在上面似的，匆匆把席子卷了起來。他只覺得自己的意識有些模糊，耳朵眼好像被什麼東西堵住了，頭似乎有千斤重，全身哆嗦著，如同澆了冰水一樣。他一時感到神情恍惚，但等他明白過來自己的處境，一分鐘也沒有猶豫，立即轉過身子，輕手輕腳地跑回柴屋。然後，他一邊注意著前面，一邊一路狂奔。他徑直穿過道口，前面就要到御成道[20]了。

「喂喂，喂！」一個站在十字路口的巡警叫道。

橘一心只想著按照勤雜工教的方法，把席子扔到某條河裡沖走，正抱著席子奔跑著。「等等，喂！叫你等一下！」在巡警的一聲大喝之下，他慌慌張張地把席子扔在了御成道上的一棵柳樹的樹根下。他覺得頭暈目眩，連前後也分辨不清，跑到了斜對面。只見萬代橋就在右邊，沒有乘客的鐵路馬車看上去就讓人覺得寒冷，正在一溜煙地駛過自己剛才走過的地方。從秋葉原那邊傳來了火車轟隆隆的聲音。城門一帶還能看到三三兩兩的行人，夜還不是那麼深。

橘慢慢地清醒過來，雖然確認過身上沒有繩子綁著，但總覺得背後有根線一直連到巡警的手上。

一路上，無論是過十字路口還是過橋，他都小心翼翼，好不容易回到家中，衣帶也沒解，就和衣躺在書齋的床上，只覺得心臟怦怦直跳，根本睡不著。

他也曾把緊鎖的大門敞開，就像是在等著前來逮捕他的巡警一樣。只管隨時來好了，這裡沒有什麼見不得人的東西。不過，因為不安，他又再次把門閂上了。

現在，在點燃車前草的地方，會不會已經起火，徒士町不會已經是一片火海了吧？或者，御成道會不會發生兇殺案，鮮血濺上了扔在地上的席子，自己也成了嫌疑人呢？

「究竟我都幹了些什麼，這都是些什麼事啊！真是蠢極了！」

就算他是無辜的，這事也沒法光明正大地跟別人說。他越想越激動，一下子覺得巡警馬上就會衝進來，一下子又覺得本鄉那邊傳來幾聲警鐘，簡直不堪忍受，老是想著自殺吧、自殺吧，一邊身體卻疲累得像棉花一樣，昏昏沉沉地睡著了。

到了第二天，他醒來後，只覺得昨天的一切像是一場夢。回想起來，只記得在月夜之中，自己的身體從這裡移動到那裡，又從那裡移動到別處。

當天以及次日，橘都因為害臊而閉門不出，不過隨著日子一天天安然過去，他的心也逐漸復活了。還好那時候在自己愚蠢的身體裡，沒有縱火犯或殺人犯的靈魂附體。還好在狹窄的巷子裡，沒有被柴房和理髮店逼人的屋子擠扁。還好沒有被人力車撞上。他渾身

20. 貴人出門時走的大路。

顫抖著，仍然心有餘悸。

就這樣，他被法律系學生給拉了出來。他之所以在走廊上遇到背對著他的煙花女子，然後又在樓梯上遇到一個人，並為此毛骨悚然，就是因為這女人毫無疑問就是那個他在月夜下的菊坡和大學正門口看到的、頭髮用梳子挽起來的女人。

橘不清楚這些不夜城的美人們的去留進退，因此不知道她是從旁邊跟上來的，從後面走過來的，還是先跑到前面去等他的。總之，走廊上的女人和樓梯上的女人，兩個人中的一個，或者是當時的陪客女，看起來跟那位病美人毫無二致。

原本記得那麼清楚、令人懷念、甚至差點讓他自殺的幻影，無論何時都不曾從腦海中消失。但是，自從在那個大缸發出聲音的樓裡遊玩過之後，他再也不能擺脫對那個相似面容的依戀。

那時，朋友在山下說的話，在另一個意義上來說倒是正中下懷，但是由於先前把話說得太滿了，現在就算想要跟他一起去，也沒有辦法勉強提出來，於是他一直放不下面子去找那個法律系學生，請他陪自己再同去一次。

這一年就這樣過去了。他通過了夏季考試，順利地取得了學士學位，但是一想到肺結核是多麼難治，就會對那個面容念念不忘。

秋風冷徹骨髓，月光卻顯得更皎潔了。每次在夜晚的街頭走過，幻影都會緊追不捨。他走出家門，打算現在就去找那女子。在這陰沉沉的暗夜裡，要去不熟悉的煙花之地，他的良心難免受到苛責。所以，他邊走邊抬頭仰望著像是要下雨的天空，心想如果看得見一顆星星就去吧，但天色卻越來越暗。他打算先回去下次再來，一邊往回走，一邊側眼望著龍岡町

——不行了，已經不能忍受了！在這鑿山而成的路上，就把下谷某處的燈火當作是星星吧……

「車夫！」

「來了來了，」車夫說著把車拉過來：「請坐。」

「我要去芳原[21]。」橘說道。也不知道車夫聽見了沒有，只聽他說了聲「不好意思」，倒是挺有些氣勢的。

上了車，橘又說了聲「去芳原」。

「哦，不好意思。」

「怎麼，不行嗎？」

「啊呀呀。」車夫說著跑了起來。

「喂，不行嗎？」

「先生你別開玩笑了。」

後來，他又接連去了好幾次，真是再愚蠢也沒有了。原本那麼惦記，結果去了一看，去年的陪客女原來不像意中人的面容。不，應該說沒有一處像的。真是令人失望透頂。而且，去年她還在燈籠上寫著同床共寢後別離的和歌，當他說只是陪別人來的時候，她還說了一聲唉，笑得十分豔麗。但這回她卻完全變了，說道：「去年你來的時候還是個學生，現在應該已經畢業了吧？到這裡來消遣，真是靠不住呀。」她說著，一副愛理不理的樣子。她的態度冷淡如水，這倒也沒什麼，只是他始終有些不甘：為什麼不像呢？

只有一次，他被送出來的時候，腳步匆匆踏過來時的走廊，想要去對面走廊。半路上，當他輕輕走過土牆倉庫門前因灰泥未乾而墊著木板的地方時，月光透過兩邊房檐形成的夾道照射進來，照亮了一個身穿單衣的女人，看上去衣冠不整，在他左邊並排站著。呀，真像啊，他剛這麼一想，只聽對方拖著室內草鞋「啪」的一聲跳過去了。在走廊上明亮的燈光中再看去，雖然頭髮蓬亂，膚色也白皙，但已經一點兒也不像了。

儘管如此，他還是又去了一次——想著說不定還會遇上。但是，這回更加找不到了，他因為期望落空而失落非常。自從那年十月中旬，隔著牆看護了垂死的美人一夜之後，算起來已經是第三年了，日子已經記不清，但季節也差不多，是只穿單衣仍會覺得寒冷的夜裡。

他跟往常一樣上了二樓。「請這邊。」一個拿著燭臺的人引著他來到了面朝中庭的小房間。那位挺著胸膛的老太婆鬆鬆地繫著博多腰帶，一邊斟酒，一邊說著俏皮話。她說了兩句之後站起身來，把燭芯剪了，嘴裡還在說著：「每次過來，你都隱隱約約更有魅力

21. 又作吉原，是當時的紅燈區。

了，哎呀，流得真多呀，這蠟……」說著就出去了。

橘獨自聽著蠟燭逐漸塌陷下去的聲音。不過，回頭一看，壁龕上掛著一幅中國美人的畫軸，前面還焚著香。一開始他漫不經心地看著，但隨著目光慢慢定下來，只覺得阿民的容顏恍惚間浮現了出來。眼角、嘴角、眉梢，都毫無疑問就是她。當然，髮型和衣服都不是日本的，雖說是巧合，但也夠奇妙了。他定了定心，忘記了自己是在這樣一個煙花之地，彷彿面對著神聖的佛像，感到一陣舒暢。

他完全被畫像吸引住了，以至於把走進房間的濃妝豔抹、香氣熏人的陪客女，當成了是從畫像中走出來的。但是仔細一看，畫像越是像意中人，坐在旁邊的陪客女就越是不像。他下定決心打算到此為止，可是多喝了幾杯酒後，雖然老是回頭去看那個房間，也還是搖搖晃晃地被扶著「這邊請、這邊請」地來到了另一個房間——脫下外褂躺下了。

橘本想回去的時候再看看，不過陪客女好半天都沒來。他於是坐了起來，來到外面的走廊上，發現這裡是二樓的後部，沒有開電燈。他穿過格子窗和欄杆之間狹窄的走廊去廁所。他向上走了一級樓梯，廁所的燈幾乎觸手可及。

當他正準備走進前面鋪著整片木板的大房間時，迎面走來一個雙手揣在懷裡的煙花女子。

與她擦肩而過時，橘感到渾身一陣發冷，忍不住回頭目送她遠去。只見她朝著下面自己來時的道路快步走去。她的背影看上去讓人忍不住想要抱住，有著非常寂寞的溜肩膀和纖細的後頸，身上卻無精打采地穿著非常華麗的罩衫禮服，從頸到肩都繪有仙鶴的翅膀，就像是由這種鳥化身而成一樣。隨著她的步子，白色和黑色的羽毛如同迎風搖動般飄飄揚揚。

正在橘認定是她並大吃一驚的時候，那女子消失在暗處不見了。從縫隙中漏進來的風，彷彿一縷縷地纏在他身上似的。

橘只好垂著頭，攏著雙手回去了。可是回頭一看，有兩個一模一樣的房間並排著，他也不知道是哪個房間了。

他猛地站住，對著拉門猶豫起來。正所謂天無絕人之路，正巧在其中一個房間的前面，放著一雙皮革帶子的草屐。

陪客女應該還沒來，一定是沒有草屐的房間。不過，他還是有些放心不下，輕輕地拉開門一看，卻呆在門口動不了了。的確是那個身影，穿著罩衫禮服，肩膀以上畫著如同埋在雪中的仙鶴，臉色蒼白地站在那裡。不用一處一處拿出來說，這就是畫中人，就是自己要找的那個人。

他不情願地說了一句：「啊呀。」然後退了出來，但那個女子卻一動也不動，只是像石頭般站著不動，他又說了聲：「走錯了。」自己把門關好了。

「喂喂。」只聽隔壁房間傳來了陪客女的喊聲。

「原來你已經來了，」橘坐在她的枕邊：「旁邊房間裡是什麼人？」

「是信女[22]。」陪客女回答道。

「你說什麼？」

「我說是風塵中的信女。在二樓盡頭的角落最裡面，不知道怎麼回事，自從死了一個女人之後，大家都躲到一旁去了。這哪裡是人來的地方呀，我到這房間來也是豁出性命了。」

「而且，前不久屍體還停在這裡呢。她是因為肺病而死的，可以說是輕如鴻毛，不過活著的時候也花了不少錢，生病期間，大家還是很照顧她的。只是一死之後，你不知道有多冷酷，連一句經也沒有念，那麼濃密的頭髮連一絲也沒剪，就這樣剝得赤條條的，被幾個男人塞進了跟裝煤的箱子差不多的棺材裡。因為棺材太小了，怕屍體的四肢會露出來，所以不光用釘子釘住，還壓上了醃鹹菜用的大石頭。而且，說是不能過了夏伏，所以只過了兩晚就被扔出去了……哎呀，身在這種地方，誰的身世不是一樣呢？」她說著，有點故作姿態地潸然淚下。

橘已經一刻也待不下去了。

「不巧房間都滿了，只好給你安排這個房間，所以我才來晚了，請您不要介意。」

「不，不是這樣的。」他說。

可是女人拉住他不放手，他索性清清楚楚地說道：「以前是我自己弄錯了，今後我

22. 原意為在家持五戒的佛教女信徒，因日本人死後都要按照佛教儀式取一個法名，死後都可稱為信士信女。

再也不會來了，別了。」——各自穿衣起，去留兩可悲。

「先生，是這裡嗎，先生？」

在車夫的喊聲中，橘從睡夢中醒來。他在徒士町霧島家的宅子前下了車。一開始他是從一體門坐上人力車的，沒想到跑到三島神社附近時，車夫居然說：「對不起，我實在喘不過氣來了，拉不動。」那車夫顯得有點吞吞吐吐：「今天我是第一次出來，實在是受不了了。」

又不能勉強讓車夫跑，橘只好不坐那輛車了。但是，夜已經深了，也沒有什麼打著提燈的車輛來往，於是找了一個從坡下雇車來這裡的人，同乘而去。反正只消坐在上面，車夫就會拉自己去。正好趁著花街那件事的機會，索性再去愛人的宅院一帶看看吧，反正天這麼晚，應該不會碰到人的。而且，他可以親眼確定，無論是碎木炭還是樹葉，是稻草屑還是火柴頭，當時自己所擔心的一切，都已經徹底被打掃乾淨，自己今後也能徹底地拋開這件事了。橘說，當時他就是這麼想的。車夫拉著車跑起來的時候，他迷迷糊糊地打起瞌睡來。

「好的，辛苦你了。」他說著，下了車。又是一個皎潔的月夜。當然，築波那邊，還是有連綿不絕的細密白雲堆積起來，不過還沒有遮住月亮。

借著月光，橘稍微有了一些勇氣，繞著宅院走了一圈，就像當日他煞費苦心所做的那樣。掛過席子的土牆顏色依舊，柴房和理髮店也依然如故。

他稍稍駐足時，幻影又一次鮮明地出現在他眼前。於是他揮一揮衣袖，毅然決然地轉身往回走。

轉過街角，只見剛才那輛車的車夫還在歇著，大概也未必是為了特意等他。招牌上的燈暗了很多，月光顯得更加明亮了。

「喂，車夫。」

「你不是剛才的客人嗎，走吧。你一個人嗎？」車夫問。

「為什麼這麼問？」

「剛才跟你一起的阿姐呢？」車夫靠過來問。

「一開始就是一個人來的，根本沒有什麼同伴呀。」他說。車夫露出一絲笑意。

「不要開玩笑了，你們從坂本的路上一起過來時，我就跟你們一起了。車一拉起來，招牌上的燈看上去就像是要滅了一樣。我仔細一看，原來還亮著。再跑起來，又變暗了。太奇怪了，我回頭一看，還是亮著的。真是非常陰森可怖，所以我回頭看了好幾眼，先生，你們還好好地坐在車上呢。到了上野，我膽子也大了些，之後一次也沒有回頭，一口氣跑過來了。後來你們一起下了車。那是一位頭髮用梳子挽起來的阿姐，身上皮膚白得嚇人，看起來像是大病初癒的樣子，很有些怕人。」

「真的嗎？」

車夫的話軋然而止，說道：「你可別嚇唬我。」突然又高聲笑了起來，「哈哈哈哈哈哈，你一定是有什麼見不得人的事。」說著又跑了起來。

橘用手蓋在自己的臉上，蒙住了雙眼。快要到自己在丸山的家時，突然間大顆的雨點啪嗒啪嗒地落下來，車夫連車篷都來不及放下。橘一口氣跑到家門口，就在這片刻之間，全身上下都濕透了，後來還因為這樣鬧了風寒躺了好久。

這天晚上，原來從板本雇車過來的，並不是自己一個人。也許車夫和車上的自己都弄錯了，另有一對同車而行的男女。儘管如此，他還是非常慶幸，那時候自己的魂魄總算沒有被路邊的柳樹、屋頂的瓦片、車子以及月亮奪走，依然好好地附在自己身上。

——原刊於《活文壇》第1卷第1號、第2號，一八九九（明治32年）年11月、12月

紫、障子

「障子」是日本用來分隔房屋空間的紙糊木框，即拉門、紙窗一類。

《 1 》

外面的黑雨下得如簾子般，橫吹著打在防雨窗上，接著又成了斷線珠簾，如扔出去的小石子那樣四處飛濺。被縫隙中透出來的臥室燈光一照，雨水一下子又變得雪白，交織在一起零亂地敲打在枕邊的拉窗上，似乎要滲透進來似的，發出淅淅瀝瀝的聲音。那雨水迎面而來，塞住了眼睛、嘴巴和鼻子，真是令人煩悶透頂。

而且，用手擦也擦不去。摸上去或者抓上去，雨水就會緊緊沾在上面，就像是直接成了麻疹一樣，帶著微溫，又腥又臭。同樣的事情不斷重複著，漸漸地那種既像要作嘔，又像要咳嗽的感覺堵在胸口，令人不堪忍受。就在這一瞬間，他在京都的旅店中驚醒了。不，與其說是驚醒，不如說是從迷迷糊糊中清醒過來。剛才在半夢半醒之間，他就像是惡夢困住了一般。

貓頭鷹……我這樣稱呼我的朋友。本來應該叫他A先生或B先生什麼的，但想到不過是平民到京都附近觀光罷了，只要身上有旅費，也犯不著借用字母來掩人耳目。只是因為這個故事裡的男人總是顯得有點偷偷摸摸的，我本來想按照那首「夜鶯夜鶯，偏偏到京都」的兒歌，給他起個名字叫「夜鶯」，順便把這篇小說也起一個「夜鶯」的標題，但無論是外形還是姿態，怎麼看他也不像是夜鶯。他在白天總是無精打采，而到了夜裡，為了到處搜尋和打聽一些稀奇古怪的事情，有時甚至會把耳朵豎得高高的，把眼睛睜得圓圓的，而在他笨嘴拙舌地張口說話時，又把嘴巴翹得尖尖的，那樣子真是太像某種東西了，幾乎令人感到好笑……是的，簡直是跟貓頭鷹是一個模子刻出來的，所以我就這樣稱呼他了。

貓頭鷹好不容易從像是綁了石頭般沉重的枕頭上抬起頭來，彷彿是由於剛才的輾轉難眠，而在睡夢中自然而然地掙扎了一下似的。他肩膀放鬆，看上去十分疲倦，用力把手撐在敞開的夾襖袖口的窩邊上，挺起呼吸不暢的胸口想要起身，手觸之處是比白綢還要柔軟光滑的感覺，好像是貓頭鷹爪子後面的小趾緊緊鉤住了雛鳥或別的什麼。他不由得一驚，肩膀一扭，整個身子都放平了。

身旁的厚褥子裡睡著一個女人，身上輕柔地搭著兩層被子，一層是凸紋紡綢的，上面的花紋是光琳式[23]的梅和松，在淺粉色的底子上，處處用色紙染出突起的淺藍色圓圈，另一層則帶著純白紡綢的裡子。女人的鼻樑顯得高聳而精神，衣領輕輕地遮擋住了鼻子的一半，枕邊的黑髮宛如煙雨中的柳絲。現在她正在熟睡之中。

她是貓頭鷹這次旅行中唯一的旅伴和導遊，名叫蘆繪，大阪南地[24]的藝妓。她的側臉上眉毛淡如春山，一隻手像是盛開的白百合一般，輕柔、甜美而溫暖地搭在被子上。貓頭鷹起床時一不小心把手肘撐在了上面，立即像是吃了一驚般，上身往旁邊一挪，重新坐了起來。

他定下心來一看，如同被微風吹動一般，女人手臂上的那朵白百合開始微微搖動起來，跟純白紡綢的衣袖裡子混在了一起，深紅色的板染[25]縐綢內衣在低語著她的夢，那睡夢一定也是紅得像燃燒的火吧。她那淡紫色的襯領，看上去微微有些汗涔涔的。衣服下面的長襯衣有著淡綠色的底子，上面印著友禪印花[26]的白色百合花，以及藍綠相間、深淺不一的葉子。從她的肩膀處可以看到一片白色，胸口也都清晰可見。

她那如同蝴蝶振翅般的安靜鼻息依然持續著。貓頭鷹湊近她的臉龐，小心注意著不去碰她的手臂，那手臂似乎已經枕在頭下好長時間了。他心想，如果她生氣的話就道歉好了，無論如何也不能驚動她。

貓頭鷹原本就不想打破宿鳥的美夢，把她驚醒。

〈〈 2 〉〉

「一定很累吧……雖說只是有人請你這麼做，而你又接受了而已，但光靠這點情分還做不到這一步。我是不會忘記你的。啊，一切都像是發生在昨天，原來今夜已經是第

---

23. 日本江戶時代由尾形光琳開創的圖案風格，形式簡單，構成明快。
24. 又稱難地，是難波新地的略稱，舊時大阪的花街之一。
25. 本傳統染色法的一種，在有浮雕的範本中間夾入疊好的布料，用繩子繫緊，然後放入染缸中蘸上染料，或往範本的孔隙中注入染料而成。
26. 日本近代由京都的宮崎友禪首創的染色花紋樣式及技法，在絲綢上面用寫實的手法染出色彩絢麗的山水或花鳥等圖案。

三晚了……在大阪一夜，昨晚在奈良一夜……傍晚又一起坐火車經過宇治和桃山來到京都。」

他們住在一戶姓玉芝的人家裡，宅院位於小鎮深處，旁邊的松樹林排列整齊，如同行道樹一般，隔著森林可以眺望八阪塔。屋子有點孤零零的，顯得乾淨而閒適，無論是被褥還是榻榻米，都像是在鏡中那樣鮮明通透。

「雖說我沒有多少旅行的經驗，不過這個地方一切都盡善盡美。這裡是同住在宗右衛門町的朋友告訴她的，所以她才會帶我來。那時天色已晚，到了七條停車場時，我還以為她對誰都沒有說起過我們的行程呢，原來也不是那樣……說是如果那邊客滿，拒絕我們入住的話，就算他們能另外幫著找旅館，也難免讓我們頭痛一番。哪怕只有一天，她也會覺得過意不去。她就是這樣，連這麼點小事都掛在心上。比起那些重大的牽掛，像這樣分分秒秒惦記著這些瑣碎的小事，不知道要讓人操多少心，受多少累。對了，我們從大阪出發，直到奈良，都像這樣睡在一間房裡，她躺下時總是把雪白的手堆在點綴著南天竹果實圖案的枕頭上。我只要稍微動一下，不管是抽菸還是彈菸灰，她都會馬上醒來，問我需不需要火，或者要給我倒水喝。」

因為惡夢而難以入睡，他一臉疲憊。他把臉緊緊壓在顏色和花紋都成對的被子上，熱烈的呼吸悄悄飄蕩開來，拂過自己的皮膚，如同在貪婪地吸著白百合的香氣一般。

貓頭鷹用手遮住了自己的呼吸。

「那種只要開口請求，旅店也許就能給我們安睡之地的想法，未免有點太天真了。她並不是在睡懶覺不肯起床。雖然睡在這裡，但她依然非常警醒，一刻也不放鬆，只要我稍微有一點點動靜，她就會馬上幫我壓住被子的角，要是我咳嗽一聲，她就會說：『當心感冒。』蘆繪阿姐，你可千萬別醒呀……」

他反手去拿枕邊的香菸，想要點著。不知為何，他突然覺得煙霧似乎會堵在他的胸口，於是獨自把捲菸按在了額頭上。

「真的……晚上到了七條停車場，叫計程車的時候也是一樣。離開奈良時，天就陰沉沉的，京都看來也下雨了，燈火濕淋淋的，散發著黑色的光澤。那個廣場，濕得彷彿馬上就能映照出東山的倒影，天氣也一下子變得寒冷起來。我只想要儘早到落腳之處安頓下來。而她依然是那麼體貼入微，簡直有點……她用經過舞蹈訓練般的動作輕輕一招手，旁邊就來了一輛汽車，車前面是一整排明亮的大眼睛。在車燈的照射下，她的眉毛上面恍若有篝火映出的白魚影子閃過。

「當時她好像說了些什麼……她微笑地說著『像是叫渡船一樣』之類的話，慢吞吞地踩在濕漉漉的地上，不管淹到草鞋上的水，離開我就向前衝去，大大的銀杏葉髮髻在頭上搖搖晃晃。

「而我呢，火車上這麼擠，袖子挨著袖子，也沒有心思掛在太郎坊[27]的袖子上遊逛。反倒像是從天人的翅膀上掉下來，就這樣張著嘴傻傻地站在停車場前面的人群中，連一個信玄袋[28]都沒有，拄著手杖，猶如滑行的大雁，在平靜的海面上，輕飄飄地乘浪而行……」

《 3 》

貓頭鷹繼續回想著。

「也不知是次序不對，還是有約在先，蘆繪最初講價的出租車，好像談得不怎麼順利。接下來，她去找並排著的第二輛車也沒成，第三輛仍然沒有進展。只聽到『去嗎，不去嗎』、『是的』之類的隻字片語。有一個人出現了，茶色的鴨舌帽一直遮住耳朵，呆頭呆腦地披著大外套，只管慢慢吞吞地朝著我們兩人走過來。而蘆繪正在並排著的七、八輛車之間穿行，嘴裡念叨著：『怎麼辦呢，真叫人心焦。』她的布襪時隱時現，衣服下擺卻一絲不亂，在計程車之間進進出出。圖案上的花朵雖然淋濕了，卻像是沾了露水一樣嬌豔。在雨水中，發動機顯得濕漉漉的，轟鳴著排列在一起，看上去像是巨大的牛頭，上面的車燈突然間放射出青白色光芒，擦過地面投射過來，一如噴出的響鼻[29]一樣美麗。夾在其中的蘆繪如同真人大小的玩偶，穿著高級紗綾花紋的深紫藍色外套，就這麼被擠成一

27. 傳說中居住在京都愛宕山等處的大天狗的名字。
28. 袋底放一塊平板，袋口穿繩拉緊的手提包。因武田信玄曾用來裝飯盒，故名。日本明治中期開始流行。
29. 牛、馬、驢、騾等動物鼻子裡發出的響聲。

束，然後硬生生地安裝在鞍子上，看上去令人不忍。

「彷彿是受了詛咒一樣，這詛咒也許就是所謂的丑時參拜30——似乎會讓人受傷。

「於是，我用自己因不斷飲酒而顯得疲倦的聲音，擠出這樣一句話來：『我沒關係，走路也行，能跟你一起走過京都的街頭，我感到無上光榮。』『啊，應該說是我感到光榮……不過已經談妥了。』她站在好像剛剛才確定下來的計程車窗前，自己打開車門說，『好了，請上車吧。』不知何時，她的口音直接就變成了大阪當地的關西腔……

「『這當然是求之不得，希望今後我能自由自在地聽到這毫不矯飾的舌頭唱著小曲。』我這個鄉下佬說道。也不知她是怕我聽不懂，還是覺得我太得寸進尺了，只是有些拘謹地交換了兩句『就是呀』、『可不是嘛』。時而含混不清，顯得天真爛漫，雖然說有些可笑，但其中蘊含著不容忽視的關心，以及殉情時不惜更改祖先遺志的氣概。」

他低頭看了看旁邊熟睡中的那張臉，不由得閉上眼睛，緩緩舒了一口氣。突然間，一股說不出的悶氣湧上了他的胸口。就在快要忍不住沒出息地傻笑起來的時候，貓頭鷹把尖尖的嘴歪向一邊，露出一副苦臉。

「而且，她說起話來是那麼親切，令我感激涕零。對了，那時汽車正筆直地飛馳在京都夜晚那陰暗畫卷般的燈火中。這女人又打開了車窗。看她當時的神情，再加上正好是在京都，簡直就像是卷起牛車[31]上的簾子一般風情萬種。自己與她成雙成對地並排而坐，就像是被吉野紙包裹著，似乎籠罩在一層薄薄的白色香粉霧中。我覺得自己一瞬間戴上了黑漆帽，變身為木曾將軍[32]，翹著僅有的幾根鬍子。這倒還好，只是那性情乖張的趕牛人，目空一切，意氣風發地在大路上飛馳，在這天剛擦黑的馬路上，撞碎了一團又一團的黑影。每當這團團黑影四散之際，雖然穩坐在車上，我還是覺得自己的肝膽如同懸浮在空中，搖擺不定，七上八下。

「我實在受不了了，於是敲著車窗老老實實地說：『啊呀，司機，我們不著急，慢

30. 日本自古流傳下來的一種詛咒。把自己欲詛咒的人做成草人，並在每夜丑時（凌晨1點至3點）用五寸釘將其釘進神社裡的大樹上。
31. 日本平安時代貴族平日的交通工具。
32. 日本平安時代武將源義仲，傳說在木曾山中長大，又名木曾次郎、木曾義仲，曾任征夷大將軍。

一點也沒關係，裡面的兩個人稍微有點損傷倒不打緊，不要傷到別人可好？』蘆繪也莞爾一笑。『真是的，』她把手輕輕放在膝上，單手認真地向前拜著，『清水寺的觀音菩薩，我們一定會去參拜的。請保佑大家都不會受傷。』

「不久，只見深藍色的河水在朦朦朧朧的花叢中流過，在燈光下，岸柳給夜色紡綢般的黑底投下了友禪印花的影子。車子無聲而快速地從大橋上駛過時，我感覺掠過車窗的風忽然有了松風的聲響……就像是被狐狸迷住似的，這邊與自己並肩而坐的美女突然間消失不見，而在對面的十字路口，出現了位於成片松樹林邊的小鎮，想必會有地藏菩薩的石像立在那裡吧。

「兩處、三處、四處，車子不斷無聲前行，駛過那些房檐昏暗、大門深深的宅子，門燈透過磨砂玻璃隱隱約約地照射出來，門口的彩色紙上寫著和歌，像燈謎一樣掛著，影子被這燈光映照在周圍的松葉上。」

他看著被子上的彩紙。

《4》

「出租車一路朝前開著，開過了頭，輪胎發出咬牙般的嘎嘎聲，猛地向後一退，停了下來。蘆繪低著頭從車門裡走出，宛如從雲中飄然降落。『就是這裡了，』她微微抬起眉頭，看著春夜中輪廓顯得模糊的玉芝家，『請稍微等一下。』她擋住跟在後面打算從巢中露出耳朵的貓頭鷹的臉，『嘩啦』一聲打開格子門，這門似乎是從傍晚時起就只開了三寸。貓頭鷹只能看到她的背影，不知道這裡是否因為客滿而不能入住。不過，雖然這次嘗試她並沒有什麼把握，但看她乾淨俐落地走進那扇門，帶著一絲剛剛從澡堂回到巷子中的妖冶，讓人感到果真不愧是藝妓，不由得讓人平添了幾分信任。果然，一度消失的足音再次『啪嗟啪嗟』響起，蘆繪回到了車邊，輕輕貼著車窗說：『好了，請下來吧。』她用外套的袖子遮住了臉，以免接觸到窗上遍佈的灰塵。『承蒙關照。』我說著，帶著懷舊的心情四處張望，在這片松林中，散發著濕潤光澤的房屋隱約可見，看起來就像是那種寫著『團子』的路邊茶棚。當我想到明天有茶可喝時，心情也變得放鬆起來。『司機，請稍等片刻。』剛才她走開時，就是這麼說的。現在，我和她一起走進店裡，路上鋪著厚厚的石子，幾乎讓人以為這裡是露天的，讓我不由得想起了在大阪住宿時，曾在被爐中聽到的一首歌：

「『你的衣袖和我的衣袖，……』「在這三味線[33]彈奏的民歌聲中，我們喀噠喀噠地走進去，忽地我腳下一滑，而且是仰天滑倒。『好險。』還好晾衣服的架子擋在了我前面，原來在滑溜的石頭上灑了清潔用的水，我低聲嘟囔著，鄉巴佬啊鄉巴佬，把剛才剎不住車擦到的半邊臉轉過去。回頭一看，入口處堆著三堆鹽[34]，明明知道那是鹽堆，但剛剛的松樹和海浪在我心中勾起了一股旅行的憂愁，片刻間，我覺得它們如同三顆潔白的圍棋子。

「難怪……」

回想到這裡，貓頭鷹按住自己湧起一股熱潮的胸口，正要倒在被子上，卻發現手中沒有點燃的捲菸星星點點地往下落著。看來是因為自己太難過了，在不知不覺間把它揉碎了，菸捲越來越鬆，紛紛散落在被子上白色和淺紅色梅花的枝頭，看上去又有點像玉章結[35]。他趕緊收拾一下心情，打算透一口氣，可是隔著被爐飄過來一陣濃豔的香水味，就像是催吐的靈藥，讓他又是一陣作嘔。

他心念一轉，想把注意力轉移到別的事情上。在回憶天黑之後種種經歷的過程中，只要他一想到圍棋子，那種難受的感覺就會一下子湧上胸間。

「如簾子般綿延不絕的黑雨，粉碎後化為白色水珠飛起，敲打在拉窗上，又散落開來打在枕頭上，四處亂濺，也像是縱橫交錯的圍棋子……」

他好容易「咕嚕」一聲，把滿嘴的唾沫嚥了下去，然後鬆了一口氣。

「真不知道吃了什麼，但無論如何，不可能是把圍棋子吞進了肚子……不過說來也真奇怪，後來從走廊走過……」

33. 日本的傳統撥絃樂器，是中國的三弦琴經琉球傳入日本後改造而成。
34. 日本風俗，在神前、灶前及門前等處堆鹽，據說有驅惡辟邪的力量。
35. 日本上村吉彌首創的衣帶繫法，曾在年輕女性中流行。

貓頭鷹自顧自地不斷輕輕摩挲著胸口。

「走進去之後，才有一位看上去很和善、梳著圓髻的女傭出現在盡頭來迎接我們，她非常禮貌地說：『您來了……請這邊來。』我也非常自然地說：『好，好。』然後，我殷勤地走過去，經過漂亮的洗手盆、奇崛的梅樹、新異的石燈籠，最後來到面向庭院的內廳套間裡，並慢吞吞地脫下外套。我環視著整個房間，只見裡面整整齊齊的，一切都已經準備得十分周到：夾在兩個火爐之間的是鋪褥子的地方，似乎是緞子做成的，此外還有一對桐木的圓桶形火盆。

「蘆繪先鬆了鬆後背的筋骨，隔著衣服，背靠在壁龕上站在那裡，也不顧頭上快碰到天花板了。她換上了淺色外褂，上面帶有三個浪中孤帆的徽號。儘管已經是春天了，在京都的冷雨中，她那中等的身材上，白皙的皮膚也略略有些發青。她稍稍攏起鬢邊的幾絲亂髮，和服沒有穿好，一邊的下擺長長地拖下來，中間隱約露出紛紛揚揚的百合花，與她白嫩的小腿夾雜在一起，都分不清了。看蘆繪這一刹那的風情……」

《5》

「就是這樣，要說是新婚旅行的話，兩個人未免都有點太隨便了……既像是與老婆看戲歸來，又像是去探望大病初癒的小妾。不，從出發時沒有行李這一點來說，又像是找到藏身處的逃亡者……

「在畫著雲霞和窗格的拉窗邊，放著黑檀木的中式書桌，上面放著描金的硯臺盒。看到這些實實在在的、厚重而沉穩的東西，讓人一點兒也沒有在旅途中暫度一夜的感覺。就像是在後殿深處燃起的返魂香[36]中，幻化出了妓女高尾的容顏。

「高尾身穿金線綢緞，上面星星點點地分佈著紮染的蝴蝶，看上去軟綿綿的，有些

36. 源自漢武帝在李夫人死後焚香看到其容顏的傳說。這裡指日本落語（一種類似單口相聲的曲藝形式）節目，其中有八五郎鄰家的浪子燒反魂香招來妓女高尾靈魂的情節。

憔悴。衣帶扣高高繫在胸前，上面連著淡青色的整幅腰帶，像是淡青色的水面映照著人世間，皮膚中的白皙色澤彷彿是從清水中湧現出來的一般，著實令人毛骨悚然……

「要說寒冷，京都徹骨的寒冷可以說是遠近聞名的。這裡的房間收拾得整齊乾淨，移門和拉窗也顯得十分通透，夜氣滲透進來，更覺寒冷。不是說這樣不好，不過就連柱子和天花板，看上去也像是用玉雕成的一樣。

「這簡直就是野小子坐玉轎。」

「蘆繪輕輕坐在緞子上，把原本半抬起的腰部沉了下去。接著她又把身下的被子向旁邊滑動了一下，斜支著手說：『您一定很累吧。』我也點頭致意，如果說聲『您辛苦了』，似乎顯得有點古怪，所以我只說了一句：『這真是個幽靜而又服務周到的好地方，就是太冷了。』我縮著肩膀，緊緊貼著火盆，幾乎整個人都壓在女人柔媚的膝蓋上。這時，女傭進來了，倒好茶，我這現成的老爺也就撣撣袖子，正襟危坐起來了呢。『是從大阪來的嗎？』『不，是奈良。』『了不得，不錯的地方，我也想去呢。不過也很冷吧？畢竟二月堂的御水取[37]才剛剛結束。』

「確實，在奈良住店的時候也聽到過這種說法，剛到大阪時從梅田車站坐車，車夫也是這麼說。說起來現在是一年中的寒冷季節，在什麼地方都不會好過。今夜的京都更是如此。我一個勁地發抖。看到這情形，蘆繪挺起胸來給我鼓勁，說：『喝點酒吧。』「好好，菜呢？』於是，我們要了鴨肉火鍋。

「鴨子特別好吃。只是，空腹喝溫酒，喝著喝著，舌頭幾乎要燒起來了，一股暖烘烘的感覺——不過並不是堵在胸口的那種……此外還有海參，以及略微用鹽醃過的若狹鰈[38]。火鍋爐子熊熊地燃燒著，因此她把一隻火盆移到對面。也不知道是因為疲倦還是什麼，她連著推杯換盞了四、五次，有些微醉了，靠在一隻火盆上，衣服緊緊貼在肩上，白嫩的後頸露在外面。只見她故作風雅地拿起那條若狹鰈，像是給雛鳥餵食一樣，用纖細的手指飛快地為我剔去魚鰭……「鰈魚又不會中毒。」

37. 日本奈良東大寺舉行的修二會汲水儀式，自三月（原為陰曆二月）十二日夜至翌日拂曉止，從二月堂前的若狹井中汲水供奉於佛前。也是修二會佛事的俗稱。

38. 位於日本福井縣和京都府之間的若狹海灣特產的一種形似比目魚的魚類。

「不過，也真奇怪，當時蘆繪拿魚的那雙手，不是就那樣直接拿著圍棋子嗎？」他有些慵懶地聳聳肩，搖了搖頭。

「……是黑棋子。只是，究竟圍棋子的出現，是在她替我剔鰈魚之前還是之後呢？是了，應該是之前。

「連著喝了四、五杯後，她把杯子放在爐子和火盆的邊上。女傭進進出出的，此時正好不在。我摸索著想要拿菸，在火盆的底部，手碰到了她的衣袖，有個東西『叮』的一聲碰到了手指。當然，實際上也沒那麼誇張。指尖一陣割裂般的寒冷，摸上去像是碎冰塊。那東西掉到了地上，我再撿起來捏在手中，原來就是那顆棋子。

「出於某種原因——我早知道蘆繪帶著一顆黑色的圍棋子，於是說：『從袖子裡面掉出來了。』她說：『啊，真的。』她拿在手掌中看了看，然後手指輕輕滑了一下，又從袖子中掉了出來。她坐在桌旁不方便撿，於是我彎下腰，把手向後朝著拉窗的窗框伸去，一邊像是念著忘不了的符咒般自言自語道：『第五次了。』一邊把它放在她手上，大概就是在這個時候……」

《 6 》

「記得蘆繪也不去開窗，隔著拉窗，像是突然間注意到似的，說著：『啊，那邊有個孤零零的小房子，跟亭子似的。』並且還一動不動地凝視著。

「現在哪顧得上這些。我用曾拿過棋子的手拿著菸，點上火，送到唇邊，一陣刺激的味道直衝鼻孔。這味道既像米糠，又像油脂，又腥又臭，簡直無法忍受。雖然席上有酒也有菸，但都不會散發出這種惡臭。是手指的氣味。

「是剛剛撿了圍棋子的手指，但我也只是覺得有些古怪，有些稀罕，還沒來得及刨根問底。僅僅是聞了一次這種臭味，我就感到一陣噁心，剛剛吃下的鴨子似乎長出了羽毛，鰈魚都翻起了魚鰭，在自己的胸口一帶活蹦亂跳地撲騰著。我連忙壓住胸口，用手肘撐著躺了下來。不知為什麼，我一時間打起了寒顫，連這隻手碰過的耳朵都冰涼了起來。

「不，其實在此之前，還有另一件事堵在我的心裡。

「記得進入京都的時候是晚上。我們想要乘坐四點多鐘的火車從奈良出發，走出猿澤池[39]邊一家名叫什麼勝手屋的旅店，拉門上的破紙在風中呼呼翻動著，像是吐出白色的舌頭一般。穿過白天裡顯得陳舊的城區，混雜在那些跟著導遊的人群中，我與蘆繪兩個人一起悠閒地走在街頭，無論是看到舊貨店的西行[40]人偶，還是茶葉店商標上的喜撰[41]，乃至口紅店招牌上的小町[42]，都感到像是遇到了活生生的真人一樣……」

刺骨寒冷的風把沙子唰唰地卷了起來，但這層黃色的幕布終究還是拉開了，讓路上的行人欣賞到古都的容顏。想到奈良的城市風情，他翻騰不已的胸口也稍稍平息了一些。不過，身體還是頹然無力，連吸菸的精神也沒有。他把望向別處的臉重新轉了回來，面對著睡夢中的蘆繪。

「啊，睡在這裡的人那天穿著下擺繪有百合的明豔和服，而我身著外套，一起走在那裡，真是值得懷念……當時，我一點兒也沒有想到，有朝一日，自己竟會產生這種幾乎要作嘔的厭惡情緒。

「事情發生在之後不久。而且，是我自己提出要去街市盡頭的小飯鋪吃飯的，結果吃了一個浮石般的煎雞蛋，就是它堵在了我的胸口。

「啊……就是在那裡，這女人撿起了一顆黑色的圍棋子。「我們慢慢吞吞地到了火車站，只見我們要乘的那趟火車正在噴著滾滾的濃煙，搖頭晃腦地衝出車站——為了打發等車的無聊時光，我們又返回城裡，她提出：『好冷啊，喝點什麼吧。』在此之前，我們曾在猿澤池畔，在屏風中圍著被爐邊喝酒邊聽三味線……『梅川為了掩人耳目，不讓那些風俗服務業的人看見……忠兵衛千方百計[43]……』當時我剛好聽到這一段，正在心蕩神馳之際。『名字叫什麼屋來著，記不住了。就是昨天。』對了，是昨天下午在朝拜大佛寺、東大寺和興福寺的時候。『進了二月堂旁邊的繪馬堂，吃了烤豆腐、炸豆腐丸子，以及裝

39. 位於奈良市中心，是興福寺南大門的人造放生池。
40. 日本平安末期、鐮倉初期歌人。號西行，俗名佐藤義清，法名圓位。
41. 日本平安初期的歌人，六歌仙之一。
42. 日本平安前期女歌人，全名小野小町，六歌仙之一。日語中也用來作為美女的代稱。
43. 日本傳統淨琉璃木偶戲和歌舞伎《冥途飛腳》中的一句，其男女主人公分別為忠兵衛和梅川，根據下卷中兩人行路的過程改編的三味線樂曲也通稱為梅川。

在盤子裡的蒟蒻煮狸肉，剛剛從鍋裡拿出來的熱酒真是再好也沒有了。酒本身也不錯。要是有那樣的店就好了。』『真的是非常好吃呢。』也不知道這個女人到底是覺得哪一樣好吃。

「照著她的要求，跟著她的腳步，我邊走邊打量著路邊的餅店、飯鋪之類。一家旅店的屋簷下站著一個攬客的人，繫著藏青色的圍裙，頗有古風地在腰間插著箭筒，招呼著說：『兩位好。』我們回頭一看，『好像不錯呢。』『是啊。』說著就進去了。菜是關東煮，飯是盛在盆子裡的紅豆糯米飯。店裡的簾子我很喜歡。不過，泥地門廳裡漆黑一片，我們跌跌撞撞地碰到椅子和桌子，好容易走到一個中等大小的昏暗房間，以為可以稍稍坐下，卻看見這裡竟然有這麼個東西。在走廊上，濕漉漉、髒乎乎的榻榻米邊上，赫然有一個橢圓形的坐便器。

「屋子裡放了一個奇形怪狀的矮腳餐桌，不過手一摸上去，就有一股灰塵揚起。更受不了的是，一個鼻子下面紅腫潰爛的女孩，七歲左右，張大著嘴含著手指頭，帶著要哭的表情，從門框處目不轉睛地盯著這邊。她還有一個大約五歲的弟弟，從頭到腳都顯得噁心無比，簡直像是剛從米糠醬桶裡面拿出來的醃茄子成了精一樣，在屋裡的泥地上跳來跳去……」

《 7 》

「光是看一眼，胸口就難受得不得了。前來招呼我們的老闆娘，圍裙像是用醬油紅燒過了一般，掉了毛的套袖髒得發亮，指甲發黑的手指從中伸出來，我們偷眼瞧著她這副模樣，還是提出先把酒送上來再說。後來想想，蘆繪也真夠可憐的。不知為什麼，她有些垂頭喪氣，走出了門檻之後，無精打采地把手揣在懷裡，嘴裡咬著襯領，一邊後退一邊窺視著泥地房間的黑暗角落。

「看到我，她莞爾露出一個寂寞的笑臉，掉轉頭來，有點躡手躡腳地回來了。她說看過菜了，鯽魚和比目魚都顯得黏糊糊的，關東煮也面目全非，看上去很髒，只好隨便要了煎雞蛋。那個小女孩誇張地彎著腰搖搖晃晃地端來了飯菜。我拿起酒壺，擦擦缺了口的破酒杯，正要往裡斟酒，在袖子搖動的時候，有樣東西『叮噹』一聲掉在桌子上……是一顆圍棋子。當時我還嚇了一跳，以為是天花板上掉下來的老鼠屎呢。

「『啊，』蘆繪撿起來說，『是從我的袖口裡面掉出來的。』她又說了一句：『一定是的。』她說透過院子裡的薄暮看去，這顆棋子會顯出斑斕的色彩，其實根本不是那樣。說是在黑色的紋理上，就像是看到縱橫交錯的細小飛白圖案那樣，會有青色、淡藍色、黃色、白色交織出現，發出微細而明亮的光芒，其實是因為要試驗黃金的性質，把它摻進了黑色圍棋子中。……肯定是這樣沒錯。但是，這個女人從袖子裡面掉出來的棋子，又是從哪裡來的呢？

「——關於從哪裡來的，當時也跟她談論過。應該是在之前暫住的旅館裡……」

當時的情形是這樣的。

這是最關鍵的地方。翠帳紅閨，在玉芝家的一個房間裡，與蘆繪並排而臥，貓頭鷹卻感到胸口噁心欲嘔，獨自輾轉反側，他那靠不住的記憶，也許根本就不能完全相信——曾經發生過一件非常不可思議的事情，幾乎讓人疑心那顆金彩藍粉的黑色棋子變成了惡龍毒蛇絢爛的鱗片。這裡就由作者來代為講述吧。

就在前一天他們遊覽了很多地方，在春日神社的石鹿前鞠躬說聲「你好」，吃了煎餅，鄉下人貓頭鷹又學會了吃繪馬堂的燉菜，後來充當導遊的蘆繪問道：「晚上是住在菊水樓，還是住賓館呢？」不過，穿著拖鞋在走廊上滑過，可不符合對這塊土地的印象。最後在貓頭鷹的要求之下，他們選擇一處像是從前的驛站客棧那樣的旅館，上菜的時候用的是平碗和中等大小的酒壺。然後他們又問了帶有行會旗子的車夫，說是那就按照歌裡唱的那樣，「請到奈良旅館來。」於是兩人乘車去了相國寺之後，趁著小鹿臥在草地上的時候，又繞著猿澤池畔兜了一圈。雖然沒有清風吹過蘆葦，但在晚鐘聲裡，池水仍然波光粼粼。據說這池子無遮無攔，如同被傾倒在廣闊的平原上一般，雖然不深也不暗，但總是向著人前進的方向嘩嘩流動著，像一個傾斜的畚箕似的。不過這話聽上去也不像是真的，一定是貓頭鷹的眼神出了問題。

在早春時節，開滿櫻花的錦川遍佈著綠葉和小石頭。車夫拉著兩輛車轆轆作響地向前跑著，穿過垂著細柳的石橋，向街角而去。

「這就是有名的奈良旅館。」

「跟三輪那邊的茶屋一樣，都是歌裡面有的。」兩個車夫一唱一和地說著。「難怪，」在方方正正的前院裡，貓頭鷹站在保留著舊時風貌的八方燈籠下面，四處張望著說，「因為是很大的佛，所以就叫大佛……我記得剛才和尚們拿著棒槌，就是這樣告訴四國的觀光團的。這裡因為是奈良的旅館，所以就叫奈良旅館。」

「嘿嘿嘿嘿。」

「呵呵。」

在出迎的掌櫃和女傭的笑聲中，蘆繪的手從友禪染的淡綠中露出一點白皙，說：「快上來吧。」她猛地一拉袖子，「咚咚咚」往二樓爬去，走到一半，她扭過肩膀，笑著拉住了貓頭鷹的手。

《 8 》

隔著欄杆……還沒有完全上到二樓，貓頭鷹就已經看到了。在上面，邊上的大房間裡，整整齊齊地擺放著三十來個坐墊，還配有菸灰盆。

「啊呀。」

「怎麼了，很熱鬧，不是很好嗎？」

一定是做好了迎接團體客人的準備吧，貓頭鷹正在想著，一個溫順的小姑娘帶著他們來到走廊上，只見第一個房間也有十五疊那麼大，大約是跟剛才那個大房間隔牆相對，同樣也擺放著十五、六個坐墊。這裡還擺著跟座位數相同份數的飯菜，杯盤碗盞，樣樣俱全，不過同樣一個人也沒有。在路過的時候，貓頭鷹忍不住瞥了一眼，突然看見有個女人背對著這邊，梳著油亮的圓髻，身材苗條，一看就是大戶人家的太太，或者富商的小妾。她帶著一絲說不出的嬌媚，背靠在壁龕的柱子上，獨自寂然端坐在火盆邊。因為背對著這邊，貓頭鷹只在昏暗的光線中掃了一眼她的側臉，就被領著向前走了。他被領進的那個房間，離剛才看到的房間中間還隔了一間房。他突然感到有些古怪。

且不說那些靜候客人的坐墊是多麼空曠，擺了這麼多飯菜，一個女人肯定是吃不完的。

這唯一的客人看上去也很寂寞，想到這裡，貓頭鷹頓時覺得心思都被吸引過去了，就像隔著拉門，陽氣全被前面近在咫尺的猿澤池水吸進去了一般。他突然打了個寒顫，眼神暗淡了，房間也顯得冷清起來，似乎連它的血氣都被攫走了。但這只是一瞬間的感覺，就在擦袖而過[44]的一剎那，蘆繪的姿態突然像是蝴蝶花紋般凸現出來。這時，小姑娘用一個很大的炭火鏟子，運來了明晃晃的炭火，片刻之間，紅色和白色的桃花一起綻放，隨意鋪著的舊地毯似乎也開出了紫雲英的花朵，頓時滿室皆春。

小姑娘把火放進了黃銅的鬼頭火盆中。貓頭鷹想把它拉近些，才發現它重得像一隻銅鼎，紋絲不動。在這薄暮時分，這絕對不會是因為狸貓附體的緣故。作為一家老店，這火盆是旅館的財產，當然有著不容輕視的重量。

貓頭鷹本來一直在鄰室的拉門上輕輕敲著，這時，他稍微朝門邊又靠近了一些，走到鋪好坐墊的雙人座位跟前，只見在拉門邊上寫著什麼字的匾額下面，放著一個棋盤，旁邊整整齊齊地擺著裝棋子的圓盒。

咦，這些東西一般是擺在壁龕裡的。他再回頭看看壁龕，只見在黃昏的光線裡，大幅的山水畫變得朦朧起來，上面的擺設是青銅的怒獅、插著刺柏的平底銅盤。此外，掛在壁龕柱子上的大朵牡丹假花的插花，也別有情趣。

「被爐好了沒有，大姐，快點給我被爐。」蘆繪不停地催著酒菜，看著貓頭鷹因為旅途勞頓而有些漫不經心的臉龐，以及無精打采的眼神，覺得有些無聊，結果連這種事情也開始焦躁起來。

「來一局？」她說著，嘩啦嘩啦地撥弄著棋子，發出蟲鳴般的聲音。

「下圍棋？」

「我讓你九個星位，來吧。」說著她開始擺棋子。

貓頭鷹忙攔住她說：「別開玩笑了。我要是會下棋的話，早就把你弄到手了。」

44. 日語中有「擦袖而過也是他生之緣」的諺語。

「你呀，光想著那種事。」她輕輕打開了棋盒的蓋子。

「下五子棋還差不多。」

「賭什麼？」

「枕頭。」

「啊，枕頭？」

「不要吃驚，不是賭枕頭，是換枕頭。你輸了的話用兩頭紮緊的枕頭，我輸了的話就用船底形的木枕。也就是說，誰輸了誰就要換個枕頭睡覺。」

「呵呵，那麼就來吧，快。」

「有意思。」

《 9 》

貓頭鷹用平靜的聲音喚道：「蘆繪。」

「嗯。」

「你聽了大約會以為我說的是從前奧州[45]土人的故事。在下總國[46]成東這個地方有一處溫泉，離東京很近，往返也方便，所以我們五個朋友就在暑假裡前去遊玩。我們縱情大吃大喝，結果付帳的錢不夠了。大家都在絞盡腦汁想辦法，在搖鈴召喚侍者的時候，因為是這樣的情況，雖然大家在大包廂裡嚴陣以待，感覺卻像是待在裝燈籠等雜物的樓梯間似的。只夠一個人吃的生松魚片，五個人一起你爭我奪。甚至淪落到這種境地：在酒壺上劃條線，死乞白賴地請求女傭往裡面多倒點酒，哪怕多一合，僅僅一合也好。酒一到，大家的喉嚨都像泥鰍般蠕動著，發出『咕』的一聲，哎呀，真是不成話。

「熟悉的女傭過來說：『不如下五子棋吧，免得中午犯困。』我們私底下一直叫她大姐的。我搭理了一句，結果這個半老徐娘說：『因為不滿意跟小酒店老闆之間的婚約，

45. 日本舊時的陸奧國，也用來指整個日本東北地區。

46. 日本舊國名，在今千葉縣北部和茨城縣西南部。

我才成了現在這副樣子，啊，要是嫁到那邊去就好了，就能讓你們這些人喝到醉醺醺了。』我們立即誠懇地說：『喝到醉醺醺也用不著，只要手指在酒壺上劃一下這麼多就好。』被這麼一說，她忍不住流下了美麗的淚水。

「就這樣，時隔多年之後，再次面對棋盤，我又想起這件事來。不久前陪我喝了大量的灘酒[47]、又在奈良旅館裡下棋的對手，竟然是大阪南地的藝妓，真是太敬業了。」

「瞧你說的。」她打斷了他。

他不管，繼續說著：「真的，這也好那也好，都是深厚的朋友之情啊。」

「我說，那位征矢先生，」蘆繪說，征矢是他一個朋友的姓，「……在你剛才說的溫泉那裡，大概就是在酒壺上畫線的人之一吧。」

「怎麼會，征矢可是有錢人家的公子喲。他是我的好朋友，從前年起，因為公司的緣故在大阪上班。這次的旅行雖然說是關西之旅，但確切地說，只是為了來見他。不巧的是，他又因為公司有急事非去土佐不可，要四、五天才能回來，我可不願意窩在旅館二樓等他，所以就拖著你的袖子到處走。這樣就天下太平了，好像被鳳凰的羽毛包裹起來似的。」

「是這個袖子嗎？」她低下頭拉一拉衣袖，同時在棋盤上下了一顆棋子，「這像蓑衣般的袖子，我都希望讓它立即消失，或者藏起來。」

「跟你的名字一樣，如畫一般的蘆葦，也許就是鳳凰穿的蓑衣。不過……跟你相識真是不可思議的緣分啊。」

這裡順便說一句，他認識、看到並且記住蘆繪的名字，是在前幾天從東京出發開往神戶的特快夜行列車上。貓頭鷹夾雜在禿鷲、老鷹、鳶鳥、妖豔的孔雀以及蝙蝠之間，蠕動著走出半夜被暴風雨沖刷過的巢穴，進了餐車，這時是深夜兩點左右，好像是在豐橋一帶。車廂裡一個人都沒有，正面掛著一幅「禁止吸菸」的標牌。四個服務員擠成一堆，一邊聊天一邊抽菸。在濱松的時候，爐子就已經熄了火，現在不能烹煮和燒任何東西了。說是有熱水，可以燙酒，於是他就要了酒。在等待的期間，有一個人輕輕走了進來，她就是

47. 日本兵庫縣灘地區釀造的優質純釀清酒。

蘆繪。

當然，貓頭鷹當時還不認識她，正在想著有個挺漂亮的女人從臥鋪車廂過來了。只見一個服務員也不知是弄錯了還是怎麼，大大咧咧地帶領著她，說著「這邊請」，手臂在她面前像掬水一樣放下，引她到了貓頭鷹所坐的桌子對面的椅子上。蘆繪從容不迫，也沒有提出異議，說了句「對不起」或者「不好意思」，正要乖乖坐下，服務員身後突然傳來兩個同伴的齊聲嚷嚷：「弄錯了，弄錯了。」

《 10 》

服務員似乎吃了一驚，回頭道：「啊，這邊來。」她一邊後退，一邊一聲不吭地嬌笑著點頭致意，然後走到一旁的椅子上，背對著這邊優雅地坐了下來。

貓頭鷹一時有些恍惚，喝著酒，只見那邊端上了紅茶和水果，大約是預訂好的。女人立即要了一杯白開水，不久就端來了，她露出皓齒，小口啜飲著服藥。

喝完後，她直接結帳了，看來什麼也不想吃，在真絲手絹裡包了兩個橘子，提著從椅子上站了起來。在起身的時候，她似乎又猶豫了一下，回過頭來給了貓頭鷹一個妖冶的注目禮。貓頭鷹放下酒杯，點頭回禮致意，然後她提著和服下擺出去了。

「是南地來的。」

「名字叫蘆繪。」

只聽服務員們竊竊私語著。其中一個衝出來，麻利地連著盤子一起收拾著女人留在桌子上的蘋果和香蕉，另外三個人一看，馬上伸出六隻裹著白袖子的手臂，把盤子放在天窗上，用手指抓著大吃起來。他們瞪著眼睛，看起來比蘋果還要紅。

就是在這裡，他記住了這名字和這個人。

「不過，我說蘆繪，」他又靠在棋盤上說，「記得先前來大阪時，我曾經一個勁地勸征矢讓我見見你。當時我是很清醒的，真是很不好意思，連冷汗都流出來了。征矢比我要年輕得多，這一點你要明白。面對他被趕出家門後一直照顧他的叔父般的存在，讓我放縱地去玩，這樣的話他可說不出口。我可不是嘴硬，不讓這次的旅途跟征矢的目的地有任何交集，可以兩個人玩個痛快，這樣的野心我大約從來沒有產生過。這且不說，在這麼廣闊的大阪三界，我只能依靠征矢一個人。可是征矢竟然說因為公司有無法推辭的工作，要乘當天夜裡的汽船從神戶出發去土佐。

「跟你在餐車上碰面那次，那趟火車到達梅田車站，大概是在早上十點左右。真冷呀，老實說，在走出車站的時候，我一心想找我朋友的面孔，對於很可能從同一個站出來的你，我也沒有野心要從出站口看一看你的身影。

「不過，當周圍變得明亮而熱鬧的時候，我心中卻一下子寂寞了起來，也許這就是所謂的第六感吧。不知道為什麼，我突然莫名其妙地強烈感到，征矢可能不在大阪，也許家中無人，或者去哪裡旅行並過夜。管他呢，要是不在，我就乘下一趟火車回東京去，我甚至已經做好了這樣的準備。我不想要任何人領我的情，也不敢一個人旅行。

「我知道他每天都上班，所以打算雇人力車去公司。一方面睡眠不足，火車上的盒飯吃得我舌頭上火，而且天又這麼冷，在兩側排列著的招牌中，寒風迎面吹過來，吹得我的臉幾乎在哆哆嗦嗦地顫抖，就像是被放在晾衣架上任憑狂風吹打一樣。真冷啊。我忍不住跟車夫說：『對了，現在正是奈良舉行御取水的時候呢。』不知為什麼，一聽到大阪人喜歡大清早入浴的傳聞，我覺得更冷了。

「到了道修町的公司，我讓車夫在石階前等著。如果征矢不在，我打算立即返回火車站。

「把名片交給勤雜工，只聽對方說『請稍等片刻』就離開了。目送著勤雜工白色的西裝上衣進了辦公室，我心中多少有些擔憂是不是錯過了，但遠遠看著那勤雜工在對面鞠著躬，肩膀毫不鬆懈，有一個男人背對著他，面朝桌子，似乎正在寫著什麼。一看到這個背影，我幾乎立刻感到跟那人之間存在著某種血脈相連的關係，這應該就是我時時惦念的征矢。」

「那太好了。」雖然蘆繪早已知道了事情的經過，她還是露出鬆了口氣的神情。

《11》

「只見他向右轉過身，舉起拿著筆的手，接過了名片，可以清楚地看到他的側臉。看著看著，不禁覺得，他那看似有些高聳的肩膀十分有力，似乎奈良這邊春日神社周圍的群山，或者說就是這座若草山，哪怕再重十倍也能穩穩地放在他的手臂上。他彷彿是一個中流砥柱，肩負著如此規模的公司的重任，當然實際上並非如此。我的到來似乎就是一個意料之外的重負，而他正在全身心地承受和忍耐著，這一點在他的姿勢中就表現出來了。

「他放下筆，飛快地站起來，穿著和服裙褲的身體轉過來，緊繃著臉走了出來。一見面，我的魂魄完全被對方吸引過去了，用空洞的聲音說了一聲『啊呀』，沒出息地擠出一絲笑容。對方也說了一聲『啊呀』，眼角微微露出笑影，問我的行李在哪裡。說著已經向我伸出了一隻強壯的手，那手似乎單憑一己之力就足以把我的家托起來，然後他就和我一起大模大樣地走下門前的石階。我把信玄袋晃得跟風車一樣，說行李只有這個，別的什麼都沒有。他接過來，進了大約是接待室的房間。我慌忙付了車錢。等在那裡的車夫是個善良的老人，用鬍子拉碴的嘴開心地微笑著，看到這笑容也可以想見我看上去有多麼高興。

「他把信玄袋『啪』的一聲扔在桌子上，用爽朗的聲音說：『真糟糕。我今天晚上要去土佐。』這時，一向不為外物所動的征矢，目光依然充滿威嚴，眼瞼上卻突然閃過一縷血色。

「我的胸口都為之一滯。

「『這樣已經足夠了。』我把信玄袋拿過來放在膝蓋上說。

「征矢又把這個信玄袋搶過去，『咚』的一聲放在桌上，說：『我來想辦法。你稍等一下。』我連忙說：『不用操心了。』可是他的身影已經消失了。對於已經過去的事情，他可不是那種抱怨我『為什麼不先發個電報』之類的男人。他信奉的是，如果城池被敵人包圍了，只要打敗敵人衝出去就行了。在他的鼓舞之下，我也產生了勇氣，覺得見了一面就回去根本就沒有什麼大不了的。不過，我仍然覺得腳下雖然踩著光滑的大理石地板，卻像是踩在沙礫上面一樣疼痛不堪，這也是事實。唉，事情真是太糟了。」

貓頭鷹避開她的鋒芒，往別處下了一顆棋子。

「征矢讓我等一下子。這時勤雜工來了，為我點燃了煤氣暖爐。我等了大約一頓飯的時間，直到我覺得連這爐火也變得寒冷了起來，他也沒回來。

「不到一個小時，他腋下夾著一件倫敦款式的大外套進來了，那外套抱起來似乎比我的身體還要沉。『很遺憾，我打了好幾個電話，跟董事們也再三討論過，還是沒有辦法。』他正色說道，『不過我一定會給你想個辦法的。』『說哪裡話，什麼叫一定要想個辦法。』『不，去土佐是沒有辦法的事情，不過你無論如何也要在這邊待上四天，四天後我就回來了。』他不容分說，接著道，『總之，我們先出去，找個地方吃飯吧。』

「接下來我們就一起出去了。我幾次提出讓征矢不要為我操心，中午一起吃頓午飯，晚上坐火車回去，絕對不是什麼不愉快的事情，反而是非常灑脫的。可是征矢非常不喜歡灑脫，偏偏不要灑脫，就要為我操心，所以才會說起你來。

「說是說了，不過他顯得很不好意思。我站定了，把自己藏在電線杆後面，當時我也不知道是在什麼方位，後來一問，好像是在轉過《每日新聞》報社側邊拐角的地方。時間是正中午。

「雖然我早就想見識一下藝妓了，不過也說不出口，只好裝傻地問：『中午在什麼地方吃飯呢？』

「征矢絲毫沒有察覺我的小算盤，說：『這個問題我也正在考慮。有一家名叫今新的油炸海鮮店，味道也還不錯，靠海一側的景色很有特點。我本來也想去那邊的，不過那邊沒有小包廂——顯得有些混雜，沒法靜下心來交談。……我想還是去附近的一家名叫鶴家的餐廳吧。對了，說起來，你有什麼要求沒有？』被他這麼一問，我簡直不知怎麼辦才好。」

《12》

「實在沒有辦法，我只好問道：『那裡能叫藝妓嗎？』當時我是多麼窘迫呀『這個嘛，大概可以叫吧，不過那個我已經另有安排了。』這麼一說，我更加手足無措了。男人間的會面應該是這樣的：在牛肉火鍋店擺好架勢，雙方都脫了和服外褂。解開衣帶的時候，看到了對方手臂上的舊傷，果然是印象中的猛士。可是實際上，我們大中午的站在街角的電線杆下，一點酒也沒喝，風呼呼地吹過，寒氣逼人。我的外套在火車上已經弄得皺巴巴的，就隨手把癟了的信玄袋掛在衣帶上。正面的陽光很刺眼，沙塵讓我皺起了鼻子，可是征矢卻比我年輕得多，個子也高，所以一點也沒有體會到我的意圖。當時他正在說著，想跟很多人一起去參拜本願寺，在那裡的屋簷下散步。這時，我鼓起勇氣說：『其實……』說的時候渾身顫抖，汗水和淚水一起流了出來。

「不，這不是說笑話。

「『……所以，請讓我見一見那位蘆繪吧，只要一起喝酒直到晚上，我發誓我在大阪再也沒有什麼牽掛的了。你去神戶，我去東京，大家分道揚鑣。』我凝視著對方那雙大眼睛說道，這樣應該能讓他感到我的確是已經下定了決心。

「路人都在看著，因為我們一動不動地站在街角。

「這真是愚蠢過頭了，可以說是得寸進尺，實實在在地讓別人為我操心。」

他的話變成了自言自語，歎了一口氣。

「這天，面對著我這個沒見過世面的鄉下人，站在狂風猛烈的路口，征矢連苦笑都沒有一聲，而是認真地張羅了起來，『要不找一個不認識的藝妓吧，從公司的位置來說，最方便的是曾根崎那邊的一家茶屋，一切都好商量，南地這邊我只是通過宴會有所瞭解而已。不管怎麼說，今天早晨蘆繪才回到大阪，跟你乘坐的是同一趟火車，現在找她也不知道是不是來得及。對了，在北邊的女招待中，有一個是老牌的藝妓，值得一聽，就讓她給我們展示展示吧。』於是，在鶴家吃過飯後，我們就向著北邊的百川出發了。」

「你大約也猜到了，我當時在一大群藝妓之中，已經喝醉了。酒席正是酣處。征矢站在一旁，把我獨自叫到一個房間裡，用威嚴的聲音鄭重其事地說：『蘆繪小姐，在我從土佐回來之前，這位就交給你了。』他像這樣把手放在裙褲上。他的眼睛一看我的臉，我簡直就忘記自己身在何處了。說起來有些難為情，內情是這樣的，有一個關照我的人，跟我之間發生了一些互不相讓的爭執，所以我去了東京的芳町，約我姐姐在那裡見面，商量一下，現在才剛剛回來。不過……我都這麼親密無間地對你說了，你還在擔心什麼呢？那位威嚴的征矢先生，把你託付給像我這樣的人，而且是那樣正襟危坐著提出來，我在這二十五歲的年紀，也總算懂得了男人的心意，就像是天明了一樣。」

彷彿忘記了身在何處，她在棋盤邊托著腮，「叮」的一聲，無意識地接著下了一顆黑棋。

「你看你，拖了這麼半天了。一說起話來……簡直就沒完沒了……」

貓頭鷹仔細一看，白色和黑色的棋子連綿不絕，形成了兩寸寬的長條，在棋盤上蜿蜒著。在夕陽的餘暉中，棋子發出冷冷的光芒，乍看上去如同長滿鱗片的小蛇。說起來，這也是後來才發覺的，當時什麼想法都沒有，只看到棋盤閃著光，總覺得上面好像還映著人影一般。他猛然間一抬頭，只見拉門的縫隙裡，有個女人像影子般站立著，有著蒼白的瓜子臉，一隻手放在臉頰上，稍稍傾斜著身子朝這邊窺視著。在早早彌漫開來的夜色中，梳著圓髻的黑髮似乎吸入了黃昏的色彩。

她撐在臉頰上的那隻手，手腕處看得到方格花紋友禪染縐綢，冷冷地印在淡綠色的底子上，看上去有些陰森。她的瞳孔很大，身材很高，映在棋子上面的，大約就是她的身影。

貓頭鷹看了一眼，覺得她就是剛才獨自待在擺滿食物的大房間裡的女人。

「你們玩得真開心呢。」她說道。「你也一起來吧。」貓頭鷹面對著棋盤，稍稍向後挪了挪膝蓋。「不了。」她說著，一閃身進來了。「蘆繪小姐，你求我吧。聽我說，我可是會下真正的圍棋呢，你一定不是我的對手。」不一下子，她們就興致勃勃地聊了起來，女子逃也似的鑽進了已經擺好的移動暖爐裡，絲毫也沒有不情願的意思。貓頭鷹想，要是突然出現的是征矢就好了，想到這裡，突然感到一陣寂寞，想要獨自沉思片刻。

他看見了大海。

波浪湧起。

水的顏色映照在拉門上。

也許是猿澤池的風貌浮現在了眼前。

48. 本神社或寺廟中存放繪馬（祈願牌）的殿堂。

朦朧之中，似乎有一輛帶著大隊隨從的鳳輦轆轆前進，這是白天看到的繪馬堂[48]匾額上的土佐畫[49]的幻影。那蔥綠的色彩，黃金的筆觸。

在波濤洶湧的大海上，有一個穿著外套的黑色人影佇立在船的甲板上，這就是征矢，沐浴著朝陽，映照著落日。

他聽著兩個女人說話，彷彿兩隻外形奇特的美麗小鳥喙對著喙，在一旁竊竊私語，眼前的棋盤瞬間化為一座花園，只見袖子開出了花朵，手變成了蝴蝶上下翻飛。他覺得自己也變成了一隻飛虻，不由得感到昏昏沉沉起來……

「啊呀，我得走了，真是頭痛，你看這事。」

聽到這聲音，貓頭鷹一下子清醒過來，只見蘆繪在用金嘴的女式菸管對火，對面的圓髻婦人靠過來，正在解開吊在後頸處的紫色菸管，這菸管的另一頭繫在她的額頭上。那女人的臉龐白皙得近乎透明，還有些蒼白，大約也是這紫色映照的緣故。方格花紋的淡綠色貼身襯衣再次一閃而過。

「呀，我睡著了呀。」

紅的是菜，黑的是酒壺，藍的是酒杯，火紅的是蘆繪和燈光。

「客人已經走了嗎？」

「嗯，她很厲害的。」

「圍棋呢？」

「才下了一半，不知她去了哪裡。雖然看不見，不過只聽對面的房間裡突然人聲嘈雜起來，她說了一聲，馬上就閃身回去了。」

「是同伴都來了吧？」貓頭鷹對一旁伺候的小姑娘說。

小姑娘抬起細長而溫順的眼睛說：「夫人沒有什麼同伴。」

「不是擺了那麼多飯菜麼？」

「那是團體客人的。」

49. 日本畫中土佐派的繪畫風格或畫作。土佐派始於土佐行廣，由其孫光信建立畫派。江戶時代作為日本繪畫的中心畫派而繁盛一時，一般是世襲宮廷畫師，維持朝廷的日本畫風格，其對立面是以武家為背景的狩野派。

「不，還有一間房裡也有。」

「哦，那個呀，那是夫人為了祝福而擺的。」

「祝福？」蘆繪問。

「嗯，說是祝福，不過她也沒有出門在外的老公。說是供奉在這裡，為心中所嚮往的佛，也為朋友祈福，不管是活著的還是過世的，都是心中牽掛的人。」

「她是你們的熟客嗎？」

「是的。」

「哦，那麼說她不是到奈良來觀光的了。」

「她好像是京都人。不是觀光，她每個月都要來一次生駒，路上順便來我們這邊，一遍又一遍地擺上祝福飯。」

生駒，一聽到這個詞，就讓人聯想起天罰、利生、靈驗等等，真是一座可怕的聖天神山。那裡的人們閉門不出，在佛堂裡進行各種苦修，有女人披散著頭髮繫上蠟燭點起火焰，也有男人掌心放滿燈油點燃燈芯。據說還有很多男男女女，採取一種稱為一步一拜的修行方式，從山腳到山頂，走一步跪倒在地，站起來走一步再次跪倒。走到佛堂要整整三天三夜，這期間根本不睡覺，也不休息，只喝一些茶屋的男人送來的熱水，喝的時候連合十的雙手都不打開，不是用手而是用嘴直接喝，就這樣走走停停地向上爬，因為沙礫和石塊，渾身上下都弄得血肉模糊。

他和蘆繪面面相覷的時候，只聽走廊裡傳來了喧鬧的腳步聲。門打開了，進來了三個衣著豔麗的人，原來是蘆繪為了不讓貓頭鷹感到無聊而安排的當地藝妓。

貓頭鷹爛醉如泥，所以當天夜裡，一句也沒有跟蘆繪提起京都的那位夫人。第二天早晨，他起得很晚，泡過澡後又開始喝酒，周圍是密不透風的六扇屏風。

在被爐裡，蘆繪也穿著借來的和式棉袍，用指甲彈著：

「忠兵衛——」

對於旅店來說，相比為關心之人供奉飯菜並獨自入眠的京都夫人，這兩個人顯得更加古怪，也許還會認為兩人將哼著苦澀的歌，喝下毒藥雙雙殉情吧。店裡的夥計和掌櫃不時悄無聲息地走進來，蹲在圍住了十疊大小的角落的屏風裡，站著偷聽，這也的確是事實。

太陽稍稍有些西斜時，他彷彿是融化的肉凍一樣，帶著離開被爐來到塵世之中的神情，任猿澤池的水汽隔著欄杆吹來。他不願再做停留在興福寺鐘樓屋頂的烏鴉，穿著外套和上衣和蘆繪一起出發了。

昨天的房間空空如也，團體客人也好，夫人也好，都像是從來不曾存在過一樣。

話說回來，他們在車站沒趕上車，於是又回來吃了一頓飯。當天半夜裡，貓頭鷹在京都的清水寺山麓松林中的玉芝家，跟蘆繪一起睡著，因為夢魘而驚醒過來。當時的情形又一次回到了貓頭鷹的心中。

《14》

「對了……」在混亂的暗夜中，豔麗而迷人的閨房裡，貓頭鷹回憶著，「蘆繪撿起棋子放進袖子時，正在用下巴抵住胸口，從懷裡找出四、五張明信片。這是我在猿澤池畔的小旅店裡寫好交給她的，打算寄給東京的幾個朋友。當時，她收了起來，準備在路上找個郵筒塞進去的。『啊，我不小心忘記了，這可怎麼辦才好呢？』她說著，也不等我說一句『反正等等要去車站，到那裡再寄好了』，猛地衝出泥地房間，用腳摸索著穿上草鞋，問了一聲站在邊上角落裡案板前的女人。只聽那女人回答道：『郵筒的話，在出門右邊的小路拐角處。』『謝謝了。』她平靜地拉著大衣的下擺，匆匆分開簾子，迅速閃了出去。接下來，她就蹦蹦跳跳地走遠了，留下一串醃茄子般的『啪嗟啪嗟』聲。

「於是我自己把酒斟滿，試著喝了一口。這酒真劣，一下子從舌尖直衝腦門。我再貪杯，也只能望著酒壺歎氣了。

「這時候，煎雞蛋端上來了。那女人穿著骯髒的罩衫，把盤子往桌上『啪』的一扔，翻著白眼說：『你的同伴是南地的藝妓吧？』『你看出來了？當然，我是來旅行的。』『是的，她那副打扮，我一看就知道。我說先生，你一定要感到高興才行。』『高興什麼？』『還用說嗎，竟能得到南地藝妓如此的照料，我還真是從來沒見過呢。她們連把橫倒的東西豎起來都不肯，只會坐在那裡，端著架子，脖子一動也不動。』她說著，一本正經的面孔一下子鬆弛下來，嘿嘿一笑，碎步退了出去。雖然我心中也明白，她這麼說無非是想多要點小費，不過說到南地藝妓的工作態度，我當時也點頭稱是。然後，我低頭一看，盤子裡是淺褐色的煎雞蛋。她的態度很誠懇，應該不會故意跟我過不去。雞蛋上沒有撒紅糖，煎成圓盤形，並切成了薄片，一口咬下去，滿嘴都是粗糙的口感，如同嚼了硫黃似的，我趕緊一口嚥了下去。只是這麼一點兒的話，應該不會一直堵在胸口直到現在吧。這時蘆繪回來了，還買了個橡皮球給那孩子玩，她有些擔心地看了看髒乎乎的煎雞蛋，『啊，還是切好了。』她說著悄悄擺了擺手，『這東西還是別吃了吧。我在街對面的玩具店偶爾一回頭，看見老闆娘正拿著菜刀往她的圍裙上……』

「我聽了大吃一驚，那圍裙髒兮兮的，髒到她剛在哪裡坐過，哪裡似乎就會變得濕漉漉的。『……緊貼著擦來擦去。剛才我去看菜的時候，正好看到菜刀掉在泥地上了。我明明吩咐過的，千萬不要用，煎雞蛋也不要切，沒想到……』她皺著眉頭說道。可是此時，那東西已經慢慢進入我的喉嚨，隨著我嚥的一口唾沫，向著胃臟一路直奔而下。

「我想，要是說出來的話會讓她擔心，所以沒有作聲，不過心裡還是覺得怪怪的，連話也說不出。這種情況下就該喝酒，偏偏又不能喝，所以不知如何是好。看到我沒精打采的模樣，蘆繪也沮喪起來，從兩邊緊緊環抱著冰冷的陶瓷火盆，那樣子真是慘澹極了。

「時間到了，我們立即出發，乘上了火車。兩人並排坐著。每一站都是名勝古蹟，一時間都有些分辨不清。

「且慢，這絕對不是鴨子和鰈魚引起的。晚上，在玉芝家的這間內室裡……」貓頭鷹抬起沉浸在回憶中的眼睛，似乎想要在天空中找到一些線索，又感到有東西向嘴裡一陣上湧，立刻又低下頭來把這種感覺壓下去，「又出了那麼一回子事，結果就變成這樣了。我一撿起棋子，立即聞到一種難以形容的臭氣，連坐也坐不住，只能悄悄地平躺下來睡……棋子怎麼會臭呢？

「的確，跟那顆棋子一起，那頓飯吃的煎雞蛋碎片也在胃臟中不得安生，發出了腐爛的臭味……確實如此。」

《 15 》

「我想袖子的香氣也許可以作為清涼劑，就抱著頭貼了過去，結果蘆繪幾乎是驚慌失措地問我怎麼了。『不，沒什麼，只是有點冷。』我正在含糊其辭，不知道玉芝的女傭是客套還是怎麼，一本正經地在旁邊說道：『哎呀，一定要讓我們老闆娘看看才行，這情形看來不怎麼好呀，一直連這扇門都沒出過。』『怎麼回事呀，這樣可不行啊，是不是很嚴重？』蘆繪問道。『可不是嘛，沒精打采的，像得了抑鬱症，一點兒精神都沒有。先生你不如休息一下吧。』女傭順手就把我當成病人中的一員了，這很是討厭。不過說起抑鬱症，我又覺得不妨就讓她這樣以為，於是說道：『那就麻煩你們了。』『等您好過些了再喝點兒，這樣應該比較好。』兩個人異口同聲地說。『長夜漫漫，請儘量休息。』女傭離開去做準備了，而我依然保持著令人同情的沉默。

「我只感到一陣陣作嘔，簡直難受極了。

「只是，哪怕在那種時候，我在迷迷糊糊之中，好像又想起了蘆繪那如畫般的優美身形，她拉著我的手向二樓走去，就在樓梯的中間，她那白皙的臉蛋，正用溫柔的目光回頭看著我……

「就是眼前睡著的這張臉龐。」

想到這裡，他不由得產生了一種奇怪的感覺，好像現在才明白過來這是屬於自己的東西，如同在看著自己珍藏的人偶，覺得可愛極了，懷念極了。他輕輕把她無力的肩膀和沉重的頭轉過來，只見她的睫毛微微顫動著，似乎在低語著什麼，帶著微微的鼻息，零亂的胸前依稀騰起了白色的熱浪。

「我鑽進了被窩，還是渾身發冷，於是將腳……緊緊地捂在被爐上，雙手交叉壓在胸前躺了下來。她輕輕撫摸著我，從肩到背。那雙手如同畫下來的夢中蝴蝶一樣，就在眼前飄飄悠悠。而跟這蝴蝶交織在一起的，是苦惱而又悲傷的自己，化為前胸呈黑色的蝴蝶上下翻飛。『竟能得到南地藝妓如此的照料。』一想到吃那頓飯時老闆娘的話語，似乎就聞到了煎雞蛋的硫黃臭氣。我咬牙忍受著，全身都濕透了，沾滿了黏糊糊的汗水。但胸口卻因此輕鬆了些，連呼吸都順暢了。啊，總算可以睡上一覺了。

「但是，即使是在夢中，那種睡不安穩的感覺，也隨著雨點敲擊拉窗的聲音四處紛飛，濺落在臉上和四肢上。

「簡直就像是拿起一把棋子扔過來似的。」

一想到這裡，貓頭鷹又覺得一陣難聞的臭氣直衝鼻孔，腹中如有一顆硬硬的棋子，光是用手一捏，那種令人厭惡的、難以言喻的臭氣就滲入了腦中，甚至黏黏糊糊地流到了耳朵裡。

「要吐了。」貓頭鷹腰部往下沉了沉，又大口喘著氣重新坐正，「從夜裡起就覺得最好是嘔吐出來，可是想到同伴會為此擔心，又感到痛苦。告訴她的話，一定會手忙腳亂地請醫生，既令人同情，又麻煩，還不成個樣子，所以就勉強忍住了。可就在睡下的時候，趁此間隙，五臟神不知為何又不讓我安生了，吩咐我吐出來，命令我嘔出來。真不知道自己之前的所作所為、所思所想都算是什麼，真是愚蠢至極。」

貓頭鷹自嘲般鐵青著臉，那樣子簡直令人害怕。他的手肘一下子落在枕頭上，一看枕邊的表，正震顫著一秒一秒地走著，已經是夜裡兩點了。

像是事先說好了一樣，傳來了丑時三刻的鐘聲。

「是知恩院吧。」

他凝神細聽，只聽隔著板門，那聲音拂過松樹的樹梢，以遠至鴨川、近繞東山的氣勢縈繞不散，餘波還在蘆繪有些蓬亂的黑髮上迴響……

再一凝神，也不知是剛才的風雨聲都是幻覺，還是在不知不覺之間已經停了，板門上連一絲風聲也聽不見。

貓頭鷹重新繫好衣帶，站立了片刻，身子有些搖晃，突然間「哇」的一聲，一陣作嘔的感覺從胸口湧了上來。

《16》

「啊，忍住！」

貓頭鷹不禁說出了聲，一直按著胸口，打開拉門，踉蹌著走到隔壁房間。他感到頭腦一陣發寒，冷得絲絲作痛。看他的樣子，不像是在這春夜裡拋開了遍佈著華豔的友禪染織物而顯得悶熱的閨房，倒更像是酣睡在那豔麗的女人花的雲霞之中，突然被趕出來的和尚一樣。

對面還有一間關著門的房間，在這個縱向有六疊寬的套間旁，有一處樓梯。由於經過了仔細的擦拭，樓梯顯得油光可鑒，在隔著拉門的電燈照耀下，看上去如同鋪著一層薄薄的白霜。貓頭鷹用腳摸索著踏上去，一陣冰涼讓他渾身顫抖了起來。然後，他一隻手扶著牆緩緩向下走去，感覺像是掉進洞裡去似的，下面是鋪著地板的房間。一邊是牆，另一邊是拉門，好像通往儲藏室或住所。他一眼就能看見成排的新板門，木紋還顯得微微發紅。

「好像是那邊。」

打開其中的一扇，應該有路通往廁所，貓頭鷹循著白天看到的印象，沿著緊貼板門的走廊，用手摸索著匆匆走了過去。可是，在微弱的亮光中，看不到任何可以打開的地方。

門窗也都緊緊地關著。

他有些慌亂，四下一看，只見隔開走廊的牆體盡頭處，有一扇鑲嵌著玻璃的窗戶。

「就是那裡。」

在那扇門前，有一棵溫室培養的紅梅，古舊的樹幹還微微殘留著一絲顏色。那棵樹開著桃色的花，夾雜著黃色，略顯乾枯。如果這裡是武藏野，它只怕早就被人砍去當柴燒了。就因為它身在此處，似乎還可以起個「歌屑[50]」的別名，樹枝上面還停著一隻夜裡似乎偶然看到過的……黃鶯標本。既然有這個，這裡一定是兩人一起吃鴨肉火鍋的房間。

「廁所應該就在這附近。」

他正想打開那扇緊貼著這個大花盆的門，偶然往裡一看，裡面仍然是走廊，而且在關著的拉門前，還有兩雙拖鞋脫在那裡。

「啊！」貓頭鷹頓時大驚失色。

50. 沒有價值的和歌。

親愛的讀者們，請你們一定要明白這一點。似乎在二樓的樓梯口處，除了他們自己的鞋以外，還有另外兩雙鞋脫在這裡，而在下樓梯之後的拉門邊上也有成對的鞋擺放著。簡而言之，這所謂的玉芝家，不是貓頭鷹這樣的人隨隨便便獨自入住的地方。就算自己正巧需要一雙拖鞋，無論如何也不該在半夜時分的此刻，隨意地在走廊裡走動。

「……糟了。」

不管怎麼說，敲響臥室的門去問廁所的位置，更是想都不該想的事情。

「啊呀，真是糟了。」

記住這個教訓吧，貓頭鷹。四、五年前，他住在西石垣一家名叫某某樓的旅館時，也曾在半夜遇上同樣的事情。記得當時也是面對著每個房間門口成雙成對的拖鞋，如同被八卦陣包圍了一般，搞得暈頭轉向。

蘆繪已經忘卻了三、四天來的疲勞、罪惡和報應，睡得正香。她穿著量身定制的貼身單襯衣，如果要把她推醒的話，她就不得不穿起和服，並且繫上衣帶，那麼事情也就不會到現在這個地步了。

可是你想想，就算下定決心把她叫起來，讓她聽到這骯髒的聲音，會讓她費多少心，在這深夜裡又要驚動多少人。

寒氣襲人，如冷水澆頭，胸口則是硫黃上湧。水火齊攻，讓他渾身咯咯發抖，他糾結於人情的牢籠和面前的板門，看到木板上的節孔似乎逐漸變成了眼睛，就在它們掙扎著想要破繭而出時，忽然間，那些節孔搖搖晃晃地動了起來，豎著排成了排，好像要形成什麼字。突然，他又看見板門上確實有地方寫著字，是貼在上面的細長紙條。

字跡已經褪色了。但是貓頭鷹帶著喘息和鼻息，睜大了雙眼。由於痛苦的淚水，視線已經有些模糊了，但他還是目不轉睛地盯著查看，原來是五個「巳」字。……

巳、巳、巳、巳、巳。

「巳、巳、巳、巳、巳。」他高興地發現下面還有五個插銷。胡亂拉開橫七豎八的插銷，門「啪」的一聲打開了。

外面散發著早已飽含雨意的清爽松木香，原來是用在熏籠上的綠色香木。

〈17〉

裡面的走廊，面對著枝繁葉茂的院子，沒有裝什麼防雨的套窗。在這深夜裡，就這樣直接敞開著。雖然沒有不時響起的鐘聲引來陣陣涼風，但夜裡的冷空氣直接打在他的臉上。即使頭頂著沉重的石頭，胸間又裹著一團火，在這令人苦惱的境遇中，他卻也感到心神一定，眼前一陣舒爽，似乎剛從火宅中逃生一般。看另一側，並排著很多鎖好的門，都裝著磨砂玻璃。拂曉時分，電燈光籠罩著松樹，宛如月影映照的風情。

走廊盡頭處一片漆黑，就像是一個洞穴，應該是泥地房間吧。

從玻璃門裡隱隱滲透出微紅，裡面大約是浴室，浸泡著京都女子的肌膚吧。在那邊斜對面的院子裡，夜裡看不大清楚，隱約間只見白色的手巾掛在那邊，在樹葉間忽隱忽現。一定是洗手盆。

他高興地想，廁所一定就在那邊，便大搖大擺地走過去。廁所倒果真是廁所，只是門外依然整整齊齊地擺著一雙脫下的草鞋。

事實上，在浴室外面也有草鞋，不過，大約是誰忘在那裡的吧。現在這個時刻，誰也不會在裡面泡澡。無論如何，當時他絲毫也沒有放在心上，但沒想到在這廁所門前竟然也有一雙，不禁深受震動。

他沒有打招呼，只管一步步走進去，且看會怎麼樣。

雖然有些不禮貌，但他實在忍不住了……

他突然打量起了眼前那漆黑一片的泥地房間。看樣子極其陰暗潮濕，應該不是給客人用的，不過感覺這裡很可能會有那種所謂的簡易廁所。於是，他摸著樑柱，用腳尖探索著，感到前面有雙鞋子。也不知道是院子裡穿的木屐，還是廚房用的拖鞋，他就這麼趿拉著，弓著身子走下了泥地房間。這裡非常黑暗，簡直伸手不見五指。

那種難堪，就由您想像了。貓頭鷹忐忑不安地用手摸索著，心中暗想，就算這手現在直接摸到便器也沒關係了。他拖著鞋子，也不顧羞恥，也不問情由，只管吸著鼻子去嗅。他拼命去聞，黑暗中好像有點什麼東西，形狀朦朦朧朧。如果看上去像是洗手盆或者便器倒也算了，可看起來既像是鹹菜桶，又像是大鍋，或者是擂缽，再一看卻又變成了剛才的紅梅盆栽，上面還輕輕停著一隻黃鶯。忽然間又變成了成排的拖鞋。

如果一不小心在這裡解決了，人們一定會以為是馬、驢、狗、怪物或者瘋子幹的，天亮之後，整個京師都會為之騷動。

可是，他已經忍不住了。

「糟糕，真是太糟糕了。」他忍不住發出了哀號呻吟，最終放棄了這裡，半帶著哭腔踉蹌地往後退去。可是也不行。剛才讓他心存幻想的那雙拖鞋，繫帶彷彿已經生了根，如同從來沒有動過一樣，仍然整整齊齊地擺在了廁所前面。

貓頭鷹連踏上走廊的氣力也沒有了，無力地靠在門框的柱子上。

就在此時，如同鳥的影子掠過一般，他感到有人來了。偶一抬頭，只見在浴室前，有一個女人的半身背影。不知道是她打開門走過來的動作過於安靜，還是自己因為難受而沒有察覺，等到注意到的時候，她就已經在那裡了。在一滴水的聲音也未曾響起的浴室中，此刻響起了兩聲『嘩啦啦』的聲音，伴隨著熱水的香氣，女子的黑髮也變得芬芳怡人。

女子一絲不掛，全身籠罩在熱水的霧氣中，像是置身於飄散的柳絮中一般，腰部顯得非常豐盈，手臂柔美地斜垂在肌肉緊致的肩膀邊上，纖弱的手中提著一條濕潤而微微發亮的青白色毛巾。這毛巾的末端打了個彎，向上捲曲蜿蜒著，而且有著尖尖的鐮刀狀頭顱。原來是長蟲，是蛇。

《18》

「啊……」

那女子的左手上還有另一條蛇，兩條蛇並排扭動著，豎著鐮刀狀的頭。明明是這世上不可能真實存在的事物，但不幸的是，由於過度的驚訝，也因為這女子的肌膚太白皙美麗了，貓頭鷹忘我地凝視著。等他注意到女人豔麗的圓髻時，不知為何，他突然覺得她很像是昨天傍晚在奈良旅館時、與蘆繪一起下棋的那位夫人。這時，那女子好像動了一下，膚色一下子變得清亮起來，透出皮膚下粉紅的經脈血管。同時，兩條蛇的鱗片閃閃發光，一條蛇如同排列整齊的黑色棋子，另一條蛇則像是連成一線的白色棋子，快速地搖動著。女人細長的手指輕輕拿住蛇尾，溫柔地抓著，蛇體冰冷的重量貼在她身上，從肩部、脊背、腋下、周身、腰部直到腿肚。她斜對著院子，把腰一扭，不知是把蛇擲遠了還是扔下了，蛇不見了。同時，黑髮的陰影如同長長的裙裾，而圓髻則像寬大的袖子，「唰」的一下，把濕潤亮澤的女體隱藏在絲綿之中，隱沒在松影之中。只見浴室的燈「啪」的一下滅了，走廊那邊立即一片漆黑。

門喀噠一響。大約那「巳巳巳巳巳」，就是出入口吧。

只聽一陣窸窸窣窣，是院子裡的樹在空中搖晃的聲音。剛才扔掉的蛇，可能正在地面上爬行，卻不會爬到樹梢上去，也許是起風了吧。洗手盆邊上的手巾，如同黑暗中露出的白臉一般看著這邊，飄在半空中嘲笑著他。吹過的風是黑色的，而且帶著腥氣，直衝鼻孔。

如同閃電過後的片刻寧靜，貓頭鷹已經忘卻了胸口的不適。可突然間，像是被錐子剜出來一般，他又回想起來了，並且已經到了承受的極限。事到如今，也顧不得體面或者羞恥了。

他「嘩啦」一聲拉開門，站在男用的藍色便器前，頭朝下向著黑暗，劇烈地嘔吐起來。腹中的煎雞蛋仍然還是生的，轉著圈掉了下去。貓頭鷹兩手扶住鋪著瓷磚的牆壁，瑟瑟發抖。

「哇，哇，呃……」

杜鵑和夜鷺的叫聲一齊響起。

不久之後，貓頭鷹的眼睛、鼻子和嘴巴，還有脖子和四肢都縮成了一團，蹲在走廊的洗手盆前了。

「咦，明明一個人也沒有呀？」

進去也好，出來也好，拖鞋依然如故，廁所裡面也感覺不到還有別人的存在。

總算好些了。

「真是荒謬，怎麼會有深夜裡做這種事的女人。大約是自己在泡澡，為了防止別人走進一旁的廁所，而弄了個騙人的稻草人吧。」他獨自苦笑著，不過想了想又覺得，「不會不會，在這世上，不管怎麼看錯，也不可能看到有個女人雙手提著兩條蛇，裸體走在玉芝家的走廊上。就像是覺得飛濺的雨水變成了棋子散亂地打在身體上一樣，這大約只是一種幻覺，自己還沒來得及把阻塞在胸口的不潔之物吐出來，那髒物就提前化為虛假的幻象顯現了出來。

「一定是這樣。這麼說，我一定是把魔法師或者仙人之類的厲害角色給吞下去了。那樣的話，索性讓蛇溜走，把女人留在胸中就可以了。」

他半開玩笑地想著，也是因為胸口終於舒服多了而感到開心。

屋簷是稻草做成的茅屋式樣，上面裝了竹制的水車，用手可以拉動。水車的擣衣板上卷著一塊塊手巾，掛在屋簷上。他一拉，水車就轉動起來，發出叮叮的聲音。

不是老鼠在咬。

聽上去既像是黃鶯在悄悄地張開鳥喙低鳴，又像是美女微微磨牙的聲音，即使凝神去聽，也很難用自己的耳朵留住。「叮叮」，又是一陣微弱而清晰的響聲。

「不對！」

他一陣愕然。

不會是棋子在肚子裡作響吧。

「怎麼會。」

《19》

但實際上，貓頭鷹越是把注意力集中到耳朵上，一動不動地去聽，越是覺得那說不出的聲音彷彿纏著的絲線，繞在他的身體上不肯離開。

只是這聲音既不令人討厭，也不會令人不快或者害怕，是那麼的淒麗、美妙、纖細、可愛而寂寞，像是象牙製成的雛鳥拍打著翅膀，又像是傳說中的公主在俗世中漂泊，打著四片竹板。

這比喻未免過於唐突，用詞也近乎幽玄、淒豔，有些突然，也許還有些聳人聽聞……不過說真的，凝神細聽起來，這比喻也還算是貼切。

……兩個京都祇園[51]藝妓，彷彿剛從桐木做成的盒子裡解開絲綿拿出來一般，站在漆黑的樹下，各拿著黑白兩色的一顆棋子，輕輕敲擊著如同白玉雕成的前齒。原來就是這聲音。

僅僅是聽到丑時三刻微弱的「叮叮」聲，就聽成了雛鳥拍翅或是公主打竹板，無疑是荒唐的想像，但是，真正的事實應該更讓讀者吃驚吧。

而貓頭鷹是實實在在地撞上了這個場景，他所受到的驚嚇，遠遠超過只是聽到這個故事的讀者。

首先，請暫且想像這穿戴極豔的舞妓，像圖畫般站在暗夜的院子裡：織錦、花綢、友禪染、金絲、銀線、玉飾、花簪、京都風格的髮髻、兩端長垂的衣帶。深紅中帶著古銅色的長袖搖曳生姿，時隱時現，既紅又豔。

地點是在院子裡，但既不在踏腳石上，也不在石燈籠邊，而是在連著東山的土堆上那個單獨小屋的圓窗前，梅枝上的葉子撲簌簌落在窗臺上。

貓頭鷹走下泥地房間後，摸索著前進，這房間恰好在走廊處向右轉了個彎。舞妓站著的地方，是房間另一頭連接院子的地方。那裡既沒有步行用的木板，也沒有橋通往那間單獨的屋子，只能穿著木屐順著特別設計的院子走過去。這院子隱沒在梅花和松葉之間，看上去就像一片陰暗的綠色。

兩個舞妓就在那邊，連衣袖也是成對的友禪染。在黑暗中，她們單手捧著帶燈芯的陶器，發出被霧靄所包圍著的白色光芒，一直捧在繡著花的緋色領口處，另一隻手則分別拿著黑白兩色的棋子，敲擊著紅唇和前齒。

貓頭鷹緊緊抓住門框邊的柱子，看著這一幕。

燈芯的光如同停留在樹葉上的桃色蝴蝶，似乎也成了一個路標。

貓頭鷹開始朝著那典雅、微妙、纖弱的聲音慢慢挪過去，一步、兩步、三步。朦朧的燈影輕盈地照在松樹上，影影綽綽，讓他不禁大步走到院子裡看個究竟。

請想像一下這種光景吧。

51. 位於京都府京都市東山區，是京都具有代表性的花街，以舞妓著稱。

他衝了出去，由於太心急了，人靠到柱子上，半身擦過松葉，弄得濕淋淋的……

只見緋紅色的花瓣顫慄般地晃動著，原來是用棋子敲擊前齒的兩人弄出的動靜，她們的四顆眼珠如同塗上黑漆的水晶，又像昆蟲一樣閃閃發光，一晃而過。

「怎麼回事？」

「有點古怪。」

「是誰？」

「不好了。」兩人呼吸一致，同時吹了一口氣，燈芯一下子熄滅了。與此同時，絲毫沒有變淡或朦朧的過程，她們的身影突然就消失不見了。只聽黑暗中「唰」的一聲，有什麼東西破空飛了過來。

……那東西飛過來了。

《20》

其中一個沒有打中，撞在柱子上不知彈到哪裡去了。但另一個卻帶著冰冷的蟲子般的觸感打在他的臉頰上，又冷冷地落進衣襟中。

「啊！」貓頭鷹向後跳了一步，掙扎著用手向懷裡摸去。在這期間，他覺得噁心得要命。也許飛進懷裡的是蛇頭，或者抓出來的是壁虎尾巴，他帶著冷汗直流的心情緊緊捏住，一邊痙攣著，一邊把顫慄的手掌在燈光下攤開一看，原來是一顆黑色棋子。

仔細一看，跟在奈良吃飯時看到的棋子一模一樣，是淡青色的，上面印著暗淡的金色和混濁的銀色形成的縱橫花紋。只是現在，他也沒有閒心去仔細確認。那股惡臭，帶著異樣的難聞腥氣。他將棋子用力向院子裡一扔，在他的感覺中，那棋子似乎馬上化成了一條豎著黑鱗、翻著青肚的蛇溜走了。他連一口氣也憋不住，一下子朝前倒向盆子，又一次大口大口地不停嘔吐起來……

世人看到祇園的舞妓，哪怕是被風情萬狀地拿起棋子當作石頭扔過來，只怕除了他之外，沒人會大口大口地嘔吐起來。簡直是荒謬絕倫。

不，這也太不成話了。

「太不可思議了，所有吃下去的東西都變成怪物跑出來了。」簡而言之，因為跟一位自己遠遠配不上的美人面對面地旅行，且在那些不值一提的不潔食物的可怕刺激下，他出現了神經衰弱，也就是俗語所說的脾胃失調。要是小孩的話，這可以說是蛔蟲作怪。在這迷迷糊糊的春夜裡，出於某種原因，他獨自佇立在走廊邊的門檻處，突然看見有一條白狗迅速躥過隔壁房間，時而有兔子出乎意料地跳過，還有令人討厭的黃鼠狼倏忽沖過，又有馬匹慢慢吞吞地走出來。雖然他也有些害怕，不知道自己是墮入地獄還是畜生道中了。不過，如果他聽過外國的故事，說不定還會看到駱駝忽地走過，背上騎著黑人，戴著紅色穆斯林頭巾；或者鸛鳥留著長長的山羊鬍子，盯住泥鰍不放。空虛的八疊大的房間一下子變成了沙漠，貓頭鷹剛被嚇得要哭出來了，突然，一頂垂著黃綠色簾子的描金長轎子出現了，邊上的女官穿著白衣和緋色的褲裙，還有小小的金釜、銀爐、擦茶碗用的方綢巾，一應俱全。還有挑著茶箱的侍從跟隨一旁，差役們打著臺傘[52]，五個樂手所演奏的笛子和鼓，與似乎來自遠處曠野或山峰的三味線演奏遙相呼應。成隊的雛鳥輕快地走過榻榻米邊緣乾淨的地方，令他懷念不已，珍珠般晶瑩的淚水忍不住要奪眶而出。忽然間，他又看到跟圖畫書上一模一樣的老鼠嫁女的場景，它們沉穩而緩慢地走過，讓人覺得有趣而莞爾起來……母親用的剪刀上，鈴聲叮叮噹當地迴響著。

就這樣，忽而墮入六道，忽而飛上天空，忽而成為禿鷲翅膀上的風暴，忽而成為鴿子叫聲中的暖陽……聽說這都是蠱蟲在作祟。

他想，只不過是年紀大了，受了邪，才會在幻象中看到肌膚白嫩的半老徐娘提著蛇，以及含著棋子穿著綾羅金繡的少女，一定是這樣的。

「一定是這樣的。」

還是感謝那寄居在整個人體內的奇妙而怪玄的五臟神吧。

他合上衣襟，以一種虔敬的心境，重新洗了手，準備拿掛在水車架子上的毛巾擦手。隨著他一拉，毛巾很快就下來了，然後又卷了上去，那樣子就像是鐮刀形的蛇頭一般。他特意作了一揖，直起身來，頓覺神清氣爽，因為睡覺而顯得亂糟糟的模樣也變得端正起

52. 又稱臺笠，將斗笠裝進袋子裡，用棒子舉起來，是大名出行時的儀仗之一。

來。他靜靜地沿著走廊進了門，凝視著紅梅盆栽新花盛放的情形，穩穩地走上樓梯，放輕腳步，躡手躡腳地回到了蘆繪所在的房間，那裡連友禪染也顯得煙霧迷離的。

一看……有豔麗而嬌媚的淡綠色絲線纏在被爐上，棉睡衣的針腳似乎有些鬆了。在這彷彿融化一般的夜色籠罩下，戶外倏忽下起了春雨，松樹滴翠，樹下萌發的小草散發著香氣。

蘆繪的胸口露得更多了，亂了的袖子中，可以看到白皙的手。看那風情，上面似乎還蒙著一層霧氣。

《21》

貓頭鷹坐下之後，褥子隨著重力浮起了一點。天花板依然是暗的，不過他還是覺得自己彷彿坐在白雲上一般。

而且，陪在睡著的人身邊，也有一種浮在溫暖水池中的情趣。

事到如今，就算她的鼻子變成了可愛的鳥喙，她變成了紮著頭髮的鴛鴦也不打緊，就算她彎曲的上臂是鸛鳥的長頸，叼著一條蜷曲著的小蛇，也沒有什麼好奇怪的。

貓頭鷹輕輕一摸，可以感到她體內血液的流動，接著又輕輕拿起她的胳膊，把她的手放進了剛才的棉睡衣之中，覺得似乎可以隔著純白的紡綢，把自己的脈搏灌注進去一般。

「小心別著涼了。」他無意中說了一句。

「知道。」她用真切的聲音幽幽地回答道，那聲音聽上去好像是黃鶯附了體，又不可思議地像前世有約的戀人在說話。他一動不動地聽著這聲音，直覺得沁人心脾，幾乎令人陶醉。不知不覺間，她已經把嬌媚的長襯衣換成了帶有蝴蝶紋樣的窄袖便服，滿面掛著微笑，直視著他的臉。在這丑時三刻，她要去哪裡呢？

不成形的衣袖之間又是褶皺，又是糾纏，幾乎要將她的整個頭和臉包住了。隔著欄杆，蘆繪打開防雨套窗，那繫好的緋色衣帶沒有在松枝間停留片刻，就飛快地越過深淺不一的翠綠樹梢，穿過院子來到了京都的街上。

因為外面正在淅淅瀝瀝地下著雨，所以他們老老實實地合撐著一把油紙傘。圓傘輕輕漂浮在暗夜中向前行去，誰都能一眼看見。兩人就這樣無遮無攔地走在幽冥之中。

蘆繪穿著草鞋。貓頭鷹穿著不知從哪裡借來的高齒木屐。

兩人一起握著傘柄。

「換一下鞋吧。」

「好啊。」

咦，兩人所說的不知是哪裡的方言，白色的兩雙腳在黑暗中一閃而過，交換了腳下的鞋子。腳後跟也彷彿懸在空中。他們仍然是在幽冥之中，地點卻是通向清水寺的坡道半途中，他們還依稀記得，曾經去那裡參拜過。

他們走過據說是妖魔之地的稚兒淵，穿過真葛原，快到紀之路了，但究竟要去哪裡還是不知道。

不知道是被鬼怪還是妖魔操縱，總之他們是朝著清水寺的方向去的，貓頭鷹這麼想著，就到了黑夜中顯得越發碧綠的山門下，油紙傘突然間消失了。

……幻想中的行蹤到此為止了。

春雨微微閃著淡紫色中帶點綠色的光。拉門稍微移開了一點，蘆繪面對著霧靄流動的院子裡的樹梢，在一人高的紫檀框鏡子前面單膝跪著，淺粉紅色的博多窄腰帶上畫著白色的金剛杵，鬆鬆地繫在胸腹之間。她依然是長襯衣的打扮。早晨泡過澡後，她那薄薄的淡妝已經完成，彎著手肘，露出雪白的腋下，一邊用雙手翻弄著口紅，一邊撫摸著如油的濕髮。

「呵呵，你比我還白。」

「別開玩笑了，連鬼都要笑了。」

站在後面的貓頭鷹，不小心在榻榻米上一滑，離八疊大的房間更近了些。

純白紡綢的坐墊、成對的扶手小桌，火盆中的銀瓶裡，水已經沸騰……房間已經換了。二樓的三個並排房間裡，照出蘆繪身影的鏡子就在正中的那一間裡，對面六疊大的房間就是昨晚的臥室，在牆角敞開的拉門後面，昨夜的一切像是散落的牡丹花瓣，似乎還微微沾著早晨的雨水。

女子和兩條蛇一起泡過澡的浴室，當然是不能再進去了，不過在旁邊的盥洗室內……高露潔牙膏和成對的肥皂球一應俱全。漱口洗臉之後，貓頭鷹心情變得舒爽起來，也不再有什麼東西堵在胸口了。

而且，這天晚上，正是翹首企盼的征矢從土佐歸來之日。

《22》

在京都和大阪一帶，有一道被稱為雜煮火鍋的菜，也叫水晶火鍋。做法是將切片的鯛魚和蝦，連同豆腐皮、麵筋、壬生菜、菠菜、蕪菁等一起用清淡的湯熬煮，魚味鮮美，蔬菜甘甜，湯的味道也是絕佳。因為把魚和蔬菜切碎後一起煮，前一個名稱可以理解，但後一種叫法就不知從何而來了。

有人說是因為吃火鍋的房間尺寸非常精緻，所以叫精髓火鍋，後來訛音成了水晶火鍋，不過這個說法似乎不怎麼靠得住。還有人說因為用到的魚頭中，鳴門鯛魚的眼珠像是水晶一樣，所以叫水晶火鍋，這個說法也有揑造之嫌。我倒是覺得，也許是取水煮之意，由水煮火鍋訛音成水晶火鍋，應該不會有太大的出入吧。

在清掃乾淨的新房間內，他們一邊煮著水晶火鍋，一邊看小雨飄灑，貓頭鷹端起蘆繪斟上的燙好的白鶴酒，昨天夜裡的怪事，不過是在京都地圖上用彩線繡上去的幻夢罷了。

貓頭鷹幾乎都快忘記了。

「啊，」蘆繪像是突然想起來似的，隔著欄杆看著院子說，「池塘前面是個亭子吧？」

老梅枝幹交錯，顏色分外濃厚，其中掩映著一座草庵，是用長滿青苔的石頭壘起來的，頂上是茅草葺成的屋頂。雨打在小小的拉窗上，讓人感到了深深的背井離鄉之情。

「大概有四疊半那麼大吧，真的很別緻呢。」

「昨天夜裡，我把棋子放在拉窗的窗框上時，才看到這個亭子的。因為太別緻了，連做夢都夢見了呢。」

「……」

「今天早晨起床之後，剛才在泡澡之前，我還沿著踏腳石走過去看了看呢，反正身上打濕了也沒關係……」她輕輕把手放在肩膀上說，「雨停得正是時候，我趕緊披上外褂去了。那裡有一個高臺。要是能和一個男人擁有這麼一間獨立的房子，真是不必再留戀這俗世了。我一邊想著，一邊透過窗玻璃偷偷朝裡看著，想知道裡面能不能住客。房子是這麼漂亮，可是榻榻米上卻有那麼多灰塵，都快積起來了。房間裡只有三疊大，比看上去要小些，似乎還供奉著什麼。壁龕的前面擺著一個陳舊的棋盤，棋盒上成對地放著點燈供奉用的土器，朦朦朧朧地點著兩星燈火。」

貓頭鷹一下子放下酒杯，問道：「啊，那麼，供奉的是什麼呢？」

「不知道是什麼神，壁龕裡面有一幅黑黑的掛軸，光線很暗，看不清，只覺得陰森森的，有些怕人，就悄悄地回來了。」她的臉也變得有些陰沉起來。

「啊呀，照顧不周呀。」女傭端著新的酒壺進來了。

「哪裡，有勞了。阿姐，這裡真是又閒靜又舒適呀。」

「呵呵，謝謝……」

「院子裡面那個像亭子般的孤零零的房子，簡直是畫也畫不出。照我說呢，要是我能超脫凡胎的話，不知道能不能和蘆繪兩個人住到那個房間裡去呢？」

「您可別逗我了。」女傭笑著說。

蘆繪也眼波流轉，微笑了起來。

「不，不是開玩笑。」

「要是真的，那你們現在就搬進去好了。」

「不過，那裡不是根本不讓人住的嗎？說是好像供奉著什麼來著。」

「啊，是在供奉巳神。」

「什麼是仕神？」

「巳神。」

「是蛇嗎？」他直截了當地問。

蘆繪在一旁偷偷地敲了敲榻榻米，打斷了他的話，小心地說：「對了，是供奉巳神嗎？」

「是東家要這麼做的，有兩條蛇。」

「啊！」貓頭鷹縮了縮翅膀，「經常出來嗎，在這一帶？」

《23》

「根本就沒那種事。」女傭搖著頭說，「不過，倒是聽說以前常常有蛇到院子裡來玩，有時纏在松樹上往上爬，有時又成雙成對地從屋簷上彎彎扭扭地掛著。就這麼著，東家也不管，聽說他根本就一點兒也不怕。……過了五、七年，他偷偷地去求了嵯峨的法印上師。法印上師把它們封印在那個亭子裡供奉起來，從那以後，就再也沒有人見過蛇了。不過，我在這裡做事也有四、五年了，哪怕是大熱天，我一次也沒有拜過。」

「這也難怪，大概這就是所謂的敬而遠之吧。」

「嗯，我們做的是客人生意，說不定有些客人不喜歡它們的樣子呢。」

「就算不是因為客人，那蛇……蛇要是變化起來，豈不是更了不得？」

「瞧你說的，巳神是不會變化的，會變化的是狐狸和狸貓。」

「什麼，狐狸和狸貓會變化？」

「要不然，就叫個狸貓出來給你們看看吧。」她突然間開心地呵呵笑了起來。

「狸貓，那太好了，一叫就會出來嗎？」

「你也真是的，不過就是這麼一說。像錦鯉那樣一拍手就露頭是不可能的，不過據說在那邊高臺寺的森林裡就有……聽說直到前不久，還有人經常看見呢。聽我們老闆娘說，她在十一、二歲之前，常常跟一群小女孩在山門裡寬闊的院子中玩耍。到傍晚的時候，她們突然發現每個人頭上的花簪都不見了，就在大家驚叫一聲，把手伸過去的一瞬間消失了。第二天早上，她們再跑去一看，只見好多根花簪，都整整齊齊地插在一棵很大很大的杉樹根部周圍。」

「聽起來真漂亮。」

「還有呢，那邊有一個池塘，就在春天這昏昏沉沉的白天裡，小女孩們正在摘花玩呢，突然間，只見七、八把紅色的陽傘『啪』地撐開，並排繞著池邊飛快地轉著圈，周圍卻一個人影也沒有。小女孩們驚奇地叫著，想去抓那些傘，結果它們都像是洩氣的皮球般唰唰縮小，消失不見了。這都是狸貓的惡作劇。

「真有意思，這樣的狸貓，我倒也真想看看。」

蘆繪也說：「可不是嘛。」

他們一邊說著話，一邊不覺一杯又一杯喝著，喝得酩酊大醉。

「你說是老闆娘十一、二歲的時候，那麼，她現在多大呢？」

「猜猜看。」

「我又不是狸貓。連一面也沒有見過，叫我怎麼知道她的年齡。」

他說著，不知怎麼，突然想起了昨夜那個剛剛出浴的女人的背影。

「不過，且慢，雖然聽說她生病了，不過看這裡一切都妥妥帖帖、乾乾淨淨的……一定是二十七、八歲的美人吧。」

「你可真會說話，老闆娘會說想收你當乾兒子呢。」

後來他們才知道，如果這真是事實，那只能是因為她修煉了神秘莫測的魔法和媚術，才會顯得這麼水靈，這麼年輕。

其實，她已經超過五十歲了。

蛇也好，狸貓也好，無論如何，天字第一號神將征矢，正在騰雲駕霧飛過土佐的海面，準備晚上一到大阪，就到曾根崎的石百碰頭。

他們乘坐五點左右的火車從京都出發就可以趕到了。女傭不知道是為了岔開蛇的話題，還是偶然提及，總之，杉樹根上的花簪、池塘邊升騰起來的彩繪陽傘、連說話都帶著京都口音的狸貓，讓貓頭鷹聽得樂不可支。

貓頭鷹一大早就喝多了，又一次醉了，再加上昨夜的疲勞和睡眠不足，只是呆呆地看著小雨在下，天氣暖暖的，黃鶯在啼，籠在煙雲中。

「請您休息一下吧。」女傭說道，又對蘆繪說：「您也是。」她的話還沒說完，貓頭鷹就一把推開扶手小桌，直接把手肘靠在坐墊上了。

將松樹樹梢隔開的高牆那邊，只聽到去寺廟參拜的人們的喧鬧聲。

「看，狸貓，狸貓。」

︿ 24 ﹀

「啊，剛才睡得真香啊。」

貓頭鷹精神煥發地猛撐起半個身子坐起來，正好面對著中間的房間——裝飾著鏡子的那個。隔著那個房間，昨夜的臥室清晰可見。

也許是因為稍微隔了點距離，或者是由於淅淅瀝瀝下個沒完的雨，那邊已經有些昏暗了。在那扶手窗的位置，坐著一個女人的身影，黑髮白臉，在緊靠著欄杆的松樹掩映之下，身上的衣服顯得發青。她正凝視著這邊，看上去很寂寞。他稍稍抬高枕頭，心想大約是蘆繪吧。

那女人轉過蒼白的側臉朝這邊看著，她似乎注意到他已經醒來，抬起白皙的手，伸向自己漂亮的高鼻樑，從黑髮濃重的陰影中，若隱若現地招著手。

「哦。」貓頭鷹說著，脫下了棉睡衣。他今天早晨已經換了和服，剛才是繫著藏青色的博多角帶[53]和衣而眠的。不過，房子四周都開著兩三扇窗子，很快就將睡夢中的溫暖洗劫一空，令他一陣寒冷。於是，他伸手拿起對袖疊在一旁的碎白點花紋外褂，披在身上，來到了中間的房間。可是，在毫無遮蔽的鏡子中，一個跟自己身形相近的影子，穿著短布襪，明明白白地出現在榻榻米的斜對面，讓他猛然間有些失神。

就在這一刻他才發現，不知什麼時候，那個招手的人已經消失得無影無蹤了。是不是藏起來了？他四處環視，沒有找到壁櫥之類的東西。他回過頭來，稍退一步之後，站著朝那邊看去。

「怎麼回事？」

蘆繪正躺在自己的棉睡衣旁邊，依然還在睡著。有些濡濕的鬢髮，為她的側臉勾勒出柔美的線條，用來梳髮髻的假髮根上的粉紅色布片微微映在眼簾上，連濃厚的睫毛都清晰可見。

53. 男用和服腰帶的一種。將博多錦緞等腰帶衣料對折起來放入內襯，製成寬約8公分、長約4公尺的腰帶。

不僅是那高聳的鼻子，連這睫毛都曾接觸自己的面頰吧，一想到這裡，他不由得渾身發起抖來。

這絕不是因為對此感到厭惡。

他從出生以來，從來沒有見過有人的睡姿像蘆繪那樣的鮮明，如此的可怕，如此的駭人，如此的恐怖；但同時又是如此的美豔，如此的濕潤，如此的光彩照人。

在這微寒之中，只見她的袖子和肩膀，甚至連半邊臉龐，都緊緊貼著身體側臥著，沿著光滑的背脊，顯出腰部豐滿的曲線，雙腿緊緊並在一起，下面被一旁的棉睡衣遮住了。裹在她身上的羽絨被，在光線和姿勢的作用下顯出深淺不一的蔥綠色和淡綠色，印花紡綢上點綴著黃色、褐色、紅色和藍色交織的閃閃發光的蔓草圖案，邊上用暗線縫著光滑的針腳。那蜿蜒曲折，那起伏跌宕，那糾結纏綿，都卷在了一起，顯得異常平滑。要說看起來像什麼，正像是一條錦緞般的蛇，在蔥綠色和淡綠色條紋的皮膚上鑲嵌著黃、紅、藍色的鱗片。

她鼻子白皙，睫毛濃密，頭髮油黑，在遍佈榻榻米的松脂香氣中，在這下個不停的雨聲中，無聲而沉穩地安睡著。

貓頭鷹站在那裡，一時間動彈不得。

「不，把那個女人變成我的，這根本不算什麼。哪怕在這段時間裡，我一直感到一種難以言表的疑惑，但她的確是大阪的藝妓。要謹記，什麼男人的體面都無所謂，沒有錢，那名為煩惱的狗也不會在後面緊追不捨。我沒有慾望征服這條紫首錦身的毒蛇，但也許願意被它吞噬，化為餌料而消融。融化吧，銷蝕吧，向著那扭曲的藍色腹部……」

他顫抖著凝神觀看。猛然間一看映在鏡子中的自己，啊，父母所生的這副面容，雖然有點像貓頭鷹，卻並不像蛇。

「喂，不要胡思亂想了。」他忍不住撫摸了一下自己的上臂，那裡是種痘留下的疤痕，並不是鱗片。

清澈而純真的熱淚撲簌簌地落下來，他的身子後退到六疊的房間裡，靠在帶窗格的小欄杆上。

剛剛在這裡招手的女人，到底是誰呢？

《 25 》

他把視線移到院子裡，又一次感到驚愕。

這裡也有不可思議的景象。

樹蔭下亭子的窗玻璃上，映出了一個藍色的女人身影。不，那簡直是很深的湛藍色，又綠又青，簡直就像是青銅的顏色，又像是古樹幹上發黑的苔蘚。

她端坐著的上半身映在玻璃上，肩膀、衣領、胸口，還有腰帶以上的部位全都看得清清楚楚，在松梅之間分外顯眼。她那前襟和袖口的顏色非青非綠，甚至也說不上是淺藍色，在暗處卻留下了青綠色的陰影。瘦削的臉斜斜地歪向左邊，略微向下，顏色比藍色還要深。深青色的頭髮紮成島田髻般的一束，周邊沒有紮住的淺綠色髮絲淡淡飄動。整體看上去如同有顏色的剪影，在薄薄的煙雨深處，在碧潭般的綠色庭院中，在後山森林的濃蔭籠罩下，非常鮮明地呈現了出來。

他目不轉睛地注視著她，不知過了幾秒、幾分，甚至幾個時辰。在此期間，女人的影子一直紋絲不動。

他猛醒過來，移開視線一看，已到黃昏時分，京都的電燈「啪」地亮了起來，閃動著濕潤的光澤，點點照射在院子裡的青松上，將它的影子投向半空。

突然間，房間的拉門變成了紫色。

藍色女人所在的亭子窗戶，則是更濃更暗的紫色。

「唔——」

他輕輕呻吟了一聲。蘆繪猛地將枕頭抬高，從點綴著藍色和紅色的柔滑羽絨被中抬起臉來看向這裡。

貓頭鷹招了招手。

「完了……」他心中一驚，「這個動作，正如剛才那個奇怪的女人在招呼我一樣。」

不過等到他反應過來卻已經晚了。

「哦，好冷。」

她看上去瑟縮著，臉色也顯得有些蒼白，抱著羽絨被，縮著肩膀。如同在夢中一樣，她拖著綴滿蝴蝶花紋的和服下擺，搖搖晃晃地走了過來。

「親愛的。」她說著，緊緊地靠了過來，好像一點力氣也沒有了。

「蘆繪小姐。」

「怎麼？」

「你看看那邊……」

「啊呀。」她驚叫一聲，猛地站了起來。她一看到亭子的窗戶，立即說道：「啊！我怎麼會在那裡。」

話音剛落，她高高抬起腿，跨過欄杆跳了出去。衣服下擺就這樣離他遠去，叫人如何承受！她就這樣頭朝下向虛空中墜去，頭髮也沒有被樹枝勾住。剎那間，幾乎是在無意識中，貓頭鷹像是伸手去抓飛走的雲彩一般，雙手拉住了羽絨被的一角，只聽女人的身體重重打在欄杆上的聲音。

蘆繪拼盡全力地攥緊拳頭，把包在肩上的羽絨被一角緊緊裹在衣領上，簡直像是上吊一樣。她跟下面車輪般大小的踏腳石相距四米左右，隔空相望，就這樣頭下腳上地倒掛著。

蘆繪全身哆嗦，不停扭動掙扎著，手臂麻木，雙手無力。她發不出呼救的聲音，眼睛卻清清楚楚地看著松針片片落下，甚至可以數清它們的數目。屋簷下起了薄霧。松針啊，請用你的針腳縫住下擺吧。她的容顏就像是破繭而出的蓑衣蛾，眼看就被蜘蛛網纏上了，而身子卻像是苦悶的錦蛇。

掙扎、痛苦、上彎、下曲、扭動、伸展、蜷縮，乃至轉動著翻出腹部，青色的鱗片讓她的乳房裸露出來，紅色的鱗片讓她的小腿一陣亂蹬，而臨終的臉上卻露出莞爾微笑，肉身中紅紅的油脂從衣服裡滲了出來，浸透了鱗片，這番景象讓貓頭鷹的身上流出了瀑布般的冰涼汗水。

男人再也承受不住了，眼前一陣眩暈。他唔地叫了一聲，被拖到了欄杆上，而蘆繪的頭髮伴隨著血的火花，一下子濺落在踏腳石上，如同潑下一盆水般，散落一地。亭子中的燈火閃了一閃。

突然間，他醒了過來。不過，在他猛然睜開的睫毛近前，不知是不是心理作用，蘆繪的臉有些汗涔涔的，而且非常蒼白，連沒有紮好的幾縷頭髮似乎都顯得濕漉漉的。

看到假髮根上的粉紅色布片，貓頭鷹想起了鮮血滴落、眼珠碎裂的慘狀。他慌忙站了起來，立即前往隔壁房間，首先照了照自己生機尚存的面容，然後悄悄來到六疊大的房間，從窗口看了看欄杆。只見在那個亭子的拉窗上，映出了同一個女人，同一種顏色，同一種姿勢。

黃昏的電燈光穿過雨絲，流過松樹的樹梢。

《26》

貓頭鷹鎮定心神，繫好外褂的扣子，悄無聲息地獨自從二樓走下。在走廊上，他迎面遇上了女傭，向她說聲「我出去一下」，就立即離開了玉芝家逃到外邊。他相信，在同一個房間，他一定會做出與夢中相同的事情驚醒蘆繪，並且會導致同樣的惡果，那實在是太可怕，太危險了。

他在松樹林邊的茶館歇息，叫了一輛汽車，然後用折好的便箋把蘆繪叫了過來。便箋中寫的是：結帳什麼的全拜託了。……詳情路上再談。

兩人總算在汽車上平平安安地會面了。

「怎麼回事，太奇怪了，」蘆繪首先說的就是這麼一句，「我做了一個討厭的夢。早上去看過的那個亭子，我實在是太想去了，於是又跑過去了。裡面有兩個祇園的舞妓……」

「……」

「還有藝妓。大家圍坐在一起，不停地用棋子蘸著在舔油，棋盒中都是油。在奈良一起下過棋的夫人正面對著壁龕的掛軸合掌禮拜。她上下打量著我，說著色澤真不錯、真豐滿，一下子剝光了我的衣服。……兩條蛇，緊緊纏住了我的手和腳，血和肉都變成了滴滴答答的水滴，流向棋盒中……啊！」

她這麼說道。此時，汽車正行駛在黃昏中杳無人煙的寬闊道路上，一邊是褐色的土牆，另一邊則是藍色的泥瓦牆，綿延不絕。突然間，從路旁的柳樹下，一個人影晃晃悠悠地出現了，彷彿從半空中橫穿過來，顏色說是藍色其實更接近青色，幾乎讓人以為就是剛才那個女人。就在這時，汽車抽搐般地猛然停了下來。

「糟了。」同行的助手敏捷地翻身下了車，像是翻著跟頭的皮球一般。

「撞到人了。」蘆繪臉頰發白，弱不禁風地倒在了貓頭鷹的膝蓋上。

「怎麼回事？」

「沒什麼……奇怪了，什麼也沒有啊。」

助手俯身仔細查看了車輪的前後，然後霍地站起身來，飛快地上了車。司機早已石化，如久米平內[54]般拘謹嚴肅，這時猛地抓住方向盤上，「突突突」向後退了三步，然後像凱旋的將軍向著圓陣致意一般，在大道上滴溜溜地轉了起來。還以為他會轉上一整圈，可剛轉了半圈，他就又開上了平緩而又寬闊的坡道，像疾風一樣飛馳而去。

貓頭鷹又是高興，又是愛憐，又是體貼，又是後怕，輕輕抱起蘆繪如雪的後頸，在她柔弱的面頰上，把嘴唇印了上去，那裡已是一片冰涼。

汽車只得改變方向，不去車站，向著最近的醫院開去。

征矢也只能從大阪趕來京都。他終於到了。但是，他的力量對病中的女人也起不了任何作用。蘆繪曾一度好轉，可以撐著回到大阪，但馬上又在中之島[55]的醫院裡可憐兮兮地面對悲慘的命運。

貓頭鷹也煩惱了好久。不可思議的是，原本讓他毛骨悚然的蛇，不知為何，突然不再令他害怕了。以前在動物園看到，在花園遇見，蛇越是激烈地翻滾扭曲，他越是感到難以承受的恐懼，似乎自己會被纏住一樣。現在這種感覺卻淡薄了……

以下是我偷偷告訴你們這些讀者的。

我是不會對他說的。作者曾聽祇園的某個人說過，在京都，不僅是藝妓或舞妓，還包括夫人小姐們參加的某個秘密結社（他沒有告訴我地點）都信奉著蛇神。她們渴望獲得

---

54. 江戶前期傳說中的武道高手。本名兵藤長守，有剛勇之名。後為贖罪將自己的石像放在淺草寺仁王門外供人踐踏。

55. 大阪的中心區域之一。

越來越豔麗嬌媚、風情萬種的姿色。聽說只要嘗一嘗那種油，瘦削會變成細膩，枯乾也會變成光潤。用黑石子磨牙的舞妓嚮往著將她贖身的金主；而用白石子磨牙的則是想要換一個丈夫。這些弄蟲的術士，大都是很厲害的婦人，每月都要去生駒的聖天小住和祈禱。圍棋子是用來計算拜廟次數的，形似蛇鱗，可以增添奇特而可怕的靈力。而那種油則是選擇姿色、容顏和皮肉俱佳的女人，用各種手段下咒並精煉而成的。聽說還有人為此喪命。奈良的小旅店中供奉的諸多元主的飯食，就是給她們的祭品。想想那個明明年華已逝的豔婦……

——這大約也是絞纈城[56]的一種吧。

——原刊於《新小說》一九一九（大正8年）年3月號、4月號

56. 絞纈城的故事取材於距今七百多年前的日本奇聞故事集《宇治拾遺物語》卷十三，故事描述唐宣宗李忱治下的大中元年（847年）九月，游俠長安的辛瀧發現一家商鋪所售的絞纈巾竟是用人血染色的。根據死裡逃生的日本僧人圓仁（慈覺）留下的線索，辛瀧與唐宗室李續（榮王）、秀才李延樞、賣藝女宗綠雲聯手攻破絞纈城，嚴懲殺人魔——絞纈城主。

降霰

《 1 》

年輕的，以及稍許年長些的……

在民也看來，這兩個女人就像是前世因緣一般。她們總是突然出現，在意想不到的地方，如同夢境一般現身——

雖說是「像夢境一樣」，實際上沒準還真的是夢。即便如此，只要他一想到「是夢的話還好些」，那兩個身影就立即如同霧靄消散一般，無可挽留地散亂在記憶之中。

但兩人清清楚楚地浮現在自己面前的景象，他卻是無論如何也無法忘記。眺望山峰時，那身影卻突然出現在山巔；乘船沿河旅行時，兩人卻浮現在船頭望著翻滾的河水。她們時而並肩而行，時而倏忽消逝，甚至還曾從壁龕的柱子裡冒出來。

民也在九歲……快到十歲的時候，第一次看見了「那個」。到三十歲為止，已經實實在在地見過了四、五次。

雖然距離上次見到「那個」已經過了很久，民也卻並沒有「啊，怎麼又來了」的感覺。

因為就連自己身體的一部分，人類都能視而不見地過上好幾年，還將之作為理所當然呢。大概就跟自己不上門拜訪，就很難碰到對方是一個道理吧。

然而，就算看不見，就算遇不到，他也從不曾將之忘卻，自然也就無所謂記起了。那兩人的身影彷彿無時無刻不常伴左右，就算十年不曾再見，也絲毫沒有久別重逢之感。

但就算感覺上再怎麼接近，過去終究是過去。按理說來，時間的流逝無人可以阻擋，但從十歲到三十歲，怎麼說也是二十年過去，但兩女的面容卻莫說衰老了，根本就不曾有絲毫改變。

時而映於碧水，時而投射長空，那面容就如同彩虹一般，來去皆無蹤影，根本無法挽留。但無論何時，兩人都必定一同出現：其中一人年紀總不過二十四、五歲，而另一人則看似十八、九歲的年華。年輕姑娘個頭中等，身材豐滿緊俏，年長的那個則身材苗條，甚至顯得有些清秀。

高個子的年長女性總是梳著莊重豔麗的圓髻，年輕姑娘則時不時會變換髮型：有時是銀杏葉髮髻，有時是高高的島田髻，有時還會梳那種叫三輪的髮型。

而衣著方面則是剛好相反，年長女性的衣裝時常在家紋和服、御召絹服，甚至是衣冠不整的窄帶睡衣之間變換，而年輕姑娘卻總是穿著條紋棉制和服，腰帶也總是繫得整整齊齊。

兩人的膚色都很白皙。但年輕姑娘稍顯紅潤健康些，相較之下，年長女性的膚色則略顯暗沉。從外表和神態來看，兩人既不像姐妹，也不像主僕，既不似關係親密的朋友，似乎也並非表姐妹。

民也自己也無法解釋為什麼會這樣想。若硬要說的話，大概是感覺兩人之間有無法逾越的距離。要不就是某個人是另外一個的乳母之女，兩人是乳姊妹；要不就是嫂嫂和弟媳，或者乾脆是敵對關係。總之，兩人是不同層面的幻影。

民也第一次看見她們時，兩人正步履輕巧地一同從二樓走下來。

那是他九歲還是十歲的時候，跟小學的朋友一起看見的。

在一個降霰的深夜——

《 2 》

山國町附近的山巒一直延伸到街區內部，戶外的夜色在屋子裡也能看得清清楚楚。天色很昏沉吧……河水一定是白茫茫一片吧……雲層中時不時出現像是藥碾子般的裂口，白霰就如同銀河碎珠一般從中迸濺開來。

流霰一旦止息，色調冰冷的薄墨色雲層就又洶湧而來，將天空中的裂口縫合得嚴嚴實實。隨後，就連空氣中微微的風聲也像被蜜蠟封印一般，乾坤蒼穹再次恢復了靜寂。

原本漏風的窗戶、紙門和雨窗，此刻也一聲不響，就像窺視獵物的鼬，又像匍匐潛行的鼠，或者像飽滿的菱角翻開外皮張著口，吐著黑色的舌頭。不，那無數的縫隙和破洞，都謹慎地咬牙忍耐著寒冷，屏氣凝神，一聲不出地在風中凍得僵硬冰冷，而一遇到老屋裡燒煤所散發出的暖氣，就像再也無法按捺下去一般，隨時都可能「啊噓」一聲爆發出來

——就是這樣一個陰森的夜晚。

跟街道只隔著一道木板門的八疊店面裡，民也和朋友兩人頭對頭挨著檯燈，坐在鋪

著舊草席的房間正中央的桌邊，讀著學校那本名為《國家地志略》的教科書。在考試接踵而來的這段時間裡，被稱為「終夜」的挑燈夜戰，是指有意向的朋友們一同熬夜做習題，乃是怠惰學子們每到這個季節的必修課。

一頁……兩頁，兩人翻著書，為了不讓自己打瞌睡還念出聲，但在這陰森的深夜氣氛包圍下，就連唇邊低低的念書聲聽起來都像是切割冰塊的吱嘎作響。

名叫阿常的朋友突然停下翻書的手，叫了他一聲：「阿民。」

那聲音跟他念書時乾巴巴的感覺不同，彷彿有心事似的，聽起來十分憂鬱。

「……什麼事？」

民也說著，同時繼續目不斜視地掃視著書本上那像是快要溢出來的片假名，以及其中落葉般點綴著的山啊谷啊之類的漢字，並念出聲來。

民也被叫到名字抬起頭來，最先看到的是破口上糊著紙的燈罩，已經被熏成黃色，以及對方眉眼柔和的上半截臉，臉頰附近有一塊是亮白色的，彷彿是戴著紙面具一般。

「好無聊啊。」

「嗯……」

「現在幾點了呢？」

「方才已經過兩點鐘了，睏了嗎？」

對方突然振作起精神說：「什麼呀，怎麼可能這麼快就困了呢！……但是啊，這種時候總讓人覺得很冷清呢。」

「因為大家都睡下了啊……」

民也說道。在那祖祖輩輩流傳下來、卻從未有人去碰的櫥櫃旁邊，隔著一重紙門的儲藏室裡，睡著的是他的父親和祖母。

而母親卻早已離世……

「我家沒有阿常家冷清吧。」

「為什麼這麼說？」

「因為你家是大宅子啊，媽媽或者其他人睡覺的屋子，都要經過好幾間大屋才能到吧。之前在你家徹夜複習的時候，我才是覺得冷清呢……」

「可是，我家沒有二樓啊……」

「因為二樓，所以冷清？」

民也仰頭，望著漆黑的天井。

阿常也仰起頭，眼中閃過沒有溫度的光。

《 3 》

「就算是冷清，其實也沒什麼大不了的吧。」

兩人雖然這麼說，但都窸窸窣窣地擠在一起，緊緊挨著火盆坐。

火盆裡的炭雖然還是黑色，但因為是才加上的，剛好是還沒燒起來的階段。比起這個，原本烘著大福餡餅的餅網，已經呈現一副殘花敗柳狀，寂寞地躺在地板上了。早在十二點時，那夜半溫書不可缺少的點心就已經進了兩人的肚子。也是因為兩人根本沒有忍耐的勇氣吧……

阿常側過臉，在燈光下，耳朵顯得十分白皙。他一邊瞟著民也的臉，一邊說：「可是，上面都沒有人呀……你家的二樓，明明很寬敞，卻空空蕩蕩的呢。」「我媽原來生病的時候，就是住在上面的。」

「啪嗒」，戳著炭塊的火筷頓了一頓。

阿常眨了眨眼：「咦，那麼，難道過世的時候，也是在——二樓嗎？」

「嗯……不是呢。」民也搖了搖頭：「是在那邊，裡屋……」

「叔叔睡著的那間屋子嗎？……那就沒事啦。」阿常抿嘴微微一笑。

「你還真是膽小啊……」

「可是，就算原來阿姨養病的時候是睡在上面，現在不也是什麼人都沒有嗎？」

就像紙撚被壓扁一樣，話題又回到了令人洩氣的一面。

「阿常家裡不也是麼？那什麼，客廳那麼大，風還呼呼地吹，不也是一個人都沒有嗎？」

「那也只是一樓啊。……二樓在天花板上面，離天空比較近，高處有什麼東西誰也不知道啊。」

「就算你說一樓什麼的……上次我去你家，經過那個地方時，也被嚇了一大跳呢。」

「什麼東西啊？」

「壁龕裡居然擺著鎧甲，去上廁所的時候，被燈一照就亮閃閃的……我當時還『哇』地叫出來了呢，你都不記得了嗎？」

「還真膽小啊，鎧甲之類的，就算有可怕的東西出來，也能穿上它去迎戰啊。像這樣——」

阿常挺胸抬頭地擺了個架勢。

「但像這種冷冷清清的時候跑出來的東西啊，就算穿鎧甲也沒有用吧……因為一衝過去就感覺它會消失呢。就像再過一陣到了中冬，傳說雪女之類的東西就會跑到走廊附近來。」

「是這樣嗎……你真的相信有雪女這種東西嗎？」

「當然啦。」

「那麼下大雨的時候，油舐坊主啦，豆腐小僧啦，那些……也都是有的吧？」

「有的……」

「感覺真糟啊。像這種下霰的晚上應該沒什麼東西會出來吧？」

「聽說街上是不會有的。但那些沒人去的山寺啊，山堂啊之類的，在下霰的時候，匾額上的畫都會眨眼睛……」

「你亂講的吧……」

雖然這麼說，但阿常還是眨了眨眼。房檐上傳來「啪嗒」一聲，大概是流霰積成的露珠從排水的竹管裡滑落的聲音吧。

「才不是呢，就像今晚這樣……一片漆黑的夜裡，然後……蒼白的月亮從雲層裡鑽出來，再然後開始下霰的時候，據說八田潟裡的鯽魚都會冒出頭來，爭著被流霰打中呢。」

「聽起來好痛啊。」

「因為只有被打到的魚才能化為妖怪啊。……不過好像它們都會帶著頭盔呢。」

「那麼，我家蓮池裡的錦鯉呢？」

池子裡漂著小船。要是穿過像山洞般昏暗的城郊暗巷，抄近路走過架在大河之上、搖搖晃晃的一錢橋，穿過稀稀疏疏的土牆環繞的住宅群，沿著小路走過好幾片田野和池塘之後，面前就會突然出現一所松樹環繞的大宅子……民也想到阿常家的樣子時，二更的鐘聲恰好敲響。

《 4 》

身處街市之中的民也家，也承載著一戶人家的思念。

民也的心思都被那口池塘吸走了，眼神恍惚地說：「應該是穿著藍色鎧甲吧，那些魚兒們。」

「鰭是鮮紅色的呢。月光那麼亮，照下來大概會變成透明的紫色吧。」

「碎玉般的流霰打在上面……」

「那跟八田潟裡的鯽魚爭起來的話，哪邊會贏呢？」

「的確呢。」

兩人認真地討論起來。

「緋鯉應該都是相貌堂堂的大將，但鯽魚就算是烏合之眾，人數也很多啊……八田潟可不小呢。」

「那青蛙會幫哪邊呢？」

「你家池子裡的？」

「嗯。」

「雖然說住在同一個地方，理論上應該是會幫著緋鯉啦，但你不是老用飯粒把它們釣起來，然後再扔回去玩嘛。那些青蛙可是鼓著腮幫子，瞪著眼睛，生氣得不得了呢……沒準會因此變成鯽魚的同伴也說不定哦。」

「啊，又下起來了……」

流霰落下的聲音從四面八方傳來，連屋簷下的大石都彷彿要被劈哩啪啦的水珠打翻了。翻卷的烏雲在屋裡投下暗影，連燈光都似乎變暗了。

「從最後一次聽見按摩師招攬生意的笛聲到現在，已經下了三次呢。」

「箭矢在空中劃過。」

「彈丸也滿天飛吧。」

「緋鯉和鯽魚一定已經打起來了。」

「在紫色的蓮池和黑色的湖水裡……」

「不然打開紙窗看看吧？」

阿常就像被什麼東西迷住了一樣，想要站起身來。

民也趕忙慌亂地制止：「還是不要了吧……」

「但你想啊，在伸手不見五指的黑暗中，紫色也好，紅色也好，飛來飛去交相輝映，不是很有趣嗎？」

「才不有趣呢……多可怕啊。」

「怎麼會？」

「因為啊，紅色也好，紫色也好，在黑暗中跟流霰混在一起——看起來肯定就像電閃雷鳴一樣啊。這種時候打開那扇窗子，肯定會發生可怕的事情哦。比如說，沒準個子比廂房還高的海坊主，這會兒就一邊念叨著『要風浪大作了』，一邊在街上走來走去呢……一旦發現有人偷看，就會像蛇那樣彎下身來，反盯著打開的窗戶，嘴裡還追問：『你看到了吧，你看到了吧！』」

「亂講！才不會有這樣的事呢。」

「是真的啊。流霰什麼的，據說有一半都是那海坊主上岸時帶起的海浪呢。」

「咦？」

阿常似乎還不是很信服，半跪著的那條腿並沒有收回去。

流霰敲打著屋頂的四處。

民也一旦心裡感到害怕，便極度不願打開那扇窗戶。

那是母親還活著的時候……某個夏日的黃昏，一場巨大的雷暴突然降臨了。電閃雷鳴綿延不絕，雨水順著車軸不停流下，金屬車廂就像馬上就要沉入奈落[57]深處一般。家人們和一位進來避雨的熟人，都縮在家裡一動不動。直到夜裡十點多鐘，外面才安靜下來，讓人感覺終於能長出一口大氣。間有紅黃光色交織的黑雲終於挽起褲腳，托著雷神升入高空，雨勢也逐漸小了下來。

父親正準備為了這喜事禱告，剛想點起神棚裡的燈火時，卻突然臉色大變地呆立在原地。

一聲嗚咽穿過雲層，無比淒傷、無比悲涼地迴響著。那異樣的聲音不僅穿透了人們的耳朵，更刺中了聽者的心靈。

《 5 》

有人在吹笛子……所有人都這麼認為。在某種程度上說，這笛聲包含著悲傷，而且換氣的間隙也很長，就像尖細的呼喊聲一樣。

在快被雷聲震聾的人們耳中，這一聲嗚咽幾乎驚破了天地。所有人都屏息靜聽著。雖說是屏息，卻沒有人能一口氣堅持到那聲音真正結束。

人們不由得顫慄了。

尾音逐漸微弱，正當所有人都以為「結束了」的時候，雨完全停歇下來，第二道聲音又響起了。

「是鳥嗎？」

「不是吧。」

「那會是什麼呢？」

祖母、父親和客人交談著。但那談話聲也搖曳不定，與此同時，炫目的閃電在眼前炸開。

「好近。」

「就在附近吧。」

嗚咽聲似乎確實是從斜對面的二樓屋簷下傳來的。而從第三聲開始，那聲音就變得

57. 奈落，出自佛經的「那落迦」，指地獄。

如泣如訴，其中強忍著痛苦的感覺越發明顯，幾乎是直刺進人的耳朵裡……

「快看！」那位性子倔強的年輕客人，發著抖跳起來，不顧家人的阻攔，「嘭咚」一聲推開了面前的窗戶——

「什麼啊——」講到這裡時，阿常抓緊了已經變冷的火盆。

「只是回憶當時的事情而已。連外面有什麼都不知道、就隨便打開窗子的故事。」民也說。

於是，在雷暴過後，客人聽到了罕有的悲鳴，正要打開窗子時，所有人的表情……不管過了多少年，民也都覺得如同當初親見一般，簡直就像刻在石頭上那樣清晰深刻。

紙糊的窗框被推上去，視窗出現了如同笛子或簫一般的長形縫隙，閃電的強光從那裡照射進來。

這時，母親原本柔軟的雙臂用力抱緊了民也的背部，像是要把原本就坐在她膝上、緊緊挨著的小兒子，重新揉進淡青色衣襟下那雪白的胸口一般。民也的神志也恍惚起來，就像當真再次被送回母親腹中、卻沒有穩穩安置好一般，倒栽蔥地摔了下去，手腳觸碰到的地方，就像分開瀑布鑽過去一般，眼前突然出現別樣的嶄新景象……再然後，是剛剛從中鑽出的胸口——溫暖而美麗，彷彿沾滿了鮮血。花園中開滿鮮紅的花朵，天上有白雲飄過，晴朗的月色映照著一切——是那襲浴衣的花色倒映在他眼中。

那是民也有生以來感覺到的最強烈的恐怖。

「阿常，你現在打開紙窗的話，無論看到什麼，都已經不會有人來抱著我了……」

客人透過紙窗縫隙往外窺視，嘴裡說著「什麼也沒看到」，臉色卻變得無比蒼白。

從那晚開始，斜對面那棟有土牆包圍的二層樓房裡，就多了一個奇怪的女人。

流霰悄無聲息地停歇了。

民也像是突然回過神來一般，說：「因為……母親去年去世了啊。」

他把火盆的網子翻了個面，鐵網上還沾著被吹進來的流霰。水滴「嘶」的一聲消失在火裡。

「繼續學習吧，我父親也已經不在了啊。來吧。」

據說鯽魚會帶著頭盔……

「從八田潟的地方開始繼續念吧。」阿常在桌子對面重新坐好。檯燈發出滋滋的響聲。

《 6 》

就在這個時候。

通往二樓的樓梯最上一階的地方，欄杆間飄過一段黑影。袖子在空中翻飛，拂過樓梯扶手的拐角……那是，濃重的深青色和清淺的茶色分立兩邊，就像踩著衣衫下擺般腳步一致，圓髻和島田髮髻兩兩相對，兩個臉色蒼白的陌生女人靜靜地站在那裡。

兩人的顏色也……雖然清淡，但在黑暗中卻清晰得一塵不染。她們就在桌子側面隔了兩疊距離的地方，那裡有扇紙門，寒夜裡必定會緊緊關著……裡面是通向廚房的空屋……作為出入口的紙門，最底下畫著蘭花的圖樣。長年累月下來，門把手已經被熏成了青黑色，旁邊有個嬰兒手掌形狀的破洞，紙邊都已經打卷了。從那破洞裡望向之前提到的空屋，直抵最裡面用草紙糊的舊牆壁之後轉個彎，側面就是因乾燥而開裂的樓梯……十步之上，就是那如同空洞一般的高處。

也就是說，視線透過紙門的破洞，撞到牆壁之後再拐彎，才看見了那如同一筆淡淡的月影般的景象。

「咚」的一聲輕響。

民也以為那是錯覺，但隨即連續響起輕柔的咚咚聲，衣裳的下擺並排搖曳著，如同兩支柔軟的柳條般……輕巧地飄下了樓梯。

兩人並肩而行，看起來就像畫裡的古裝玩偶一樣……袖口交疊之處，不知道是哪一位捧著一盞油燈或是蠟燭。

蒼白的火光閃爍著。兩人胸口的部分被照得一片青白。

梳著圓髻、氣質高雅的女性有著蒼白瘦削的臉頰，倒映在民也一眨不眨的雙眼中。她輕逸地飄下來，站在空屋的地面上，無比優雅地活動了一下肩膀，手中蠟燭的火焰，正對著那花繪紙門上的破洞……那火苗跟檯燈的光芒重合，瞬間像是融為了一體。

她要開門了！民也想。

「呀——」朋友驚叫著，一頭撲進了背後的門。

民也半點聲音也發不出……只是跟在朋友身後，撲向了父親睡著的枕頭。隔壁房間裡的父親和祖母，為了守護兩個幼童徹夜念書，就算天氣寒冷也沒有拉上紙門。屋外明明下著霰，兩人也依舊連一紙之隔都不曾設置，將睡顏毫無防備地展現在桌邊兩人的面前。

父親笑著說：「一定是做夢了吧。」祖母也一同起身來到外屋，在火盆上重新放上了香氣四溢、烤著餡餅的紙網。生火煮茶之時，外面再次下起了霰。

後來，民也跟阿常討論時，發現兩人不僅都看到了「那個」，而且看到的景象還完全一樣。

那就是民也最初見到兩人模樣的經歷。

阿常因此請了三天假沒去上學。民也卻覺得，那就算不是夢，也並非什麼詭異或者可怕的東西。雖然並非全不在意，但那時的民也，大概已經對這類怪異習以為常了吧。

每天夜裡，他都能聽到院子裡水井上的吊桶沒人去碰卻自行作響……先是輪軸轉動的吱呀聲，以及吊繩摩擦發出的唰啦唰啦聲……片刻之後，便傳來「咕咚」的微弱落水聲。

再然後，如同慣例般地，是細微的切菜聲。雨天時，聲音更是越發清晰，一直傳到獨自熄燈睡覺的民也耳邊。

《7》

接下來，從廚房會傳來啪嗒啪嗒的腳步聲，一直走進和主屋相鄰的空房間來。想必那便是兩人靠近的動靜吧，但按照腳步聲來看，空屋似乎比實際要大上不少。

民也在心底暗自給空屋起了個外號，叫空屋原。

據說曾經有個叫孫右衛門的小叔，獨自喝得酩酊大醉之後，聲稱這不過是仰頭看天時必然會覺得的後頸一涼，還真的縮頭縮腦地往紙門後邊偷看過。

廚房之中各路豪傑齊聚，對於客廳諸物僭越的榮華富貴諸多不滿，於是決定加以討伐。「誓要一路攻佔到主人腳下！」灶臺將軍揮舞著勺子發號施令，以吹火棍作號角，鍋碗瓢盆的武士大隊浩浩蕩蕩地一路進軍……這分明就是空屋原啊，是古戰場嘛。

紙門則是一騎當先，防守著客廳這邊的要塞——這樣的展開也很有趣。

此時，民也正帶著這種心情，雙手撐著臉頰趴在床上，對於這樣的他來說，空屋確實像是遠在天邊。

腳步聲穿過空屋，稍微停頓了片刻之後，咚咚地爬上樓梯。之後，從民也的頭頂上傳來拉開紙門的唰啦聲。

「啊啊，是二樓的婆婆。」民也側耳傾聽。片刻之後——

「咳咳。」有咳嗽聲傳來。

「這回是二樓的老爺爺。」

這兩人是母親的父母，原本跟家裡其他人一起住在二樓，過著和睦平淡的生活。但在民也懂事之後，母親病故之前，兩人就相繼過世了……

對民也來說，就連那兩人都好像還存在於世間一樣，能聽見腳步和咳嗽聲，於是從人跡渺然的二樓突然飄下兩個拿著燈火的姑娘，也真是沒什麼好害怕的。

倒不如說，隨著時間流逝，「那個」就變得像是傳說故事一樣，成為了生活的一部分，反倒令人萌生起懷舊之情。

流霰一旦降下，思念便會凝結……

就像這樣，從那個晚秋的冷雨時節起，之後的一兩年間，雖然民也已經習慣了水井的動靜、空屋的腳步聲和無人二樓的紙門聲響，但那兩名女子卻像是說好了一般，很久都沒有出現在他的面前。

正是白菊盛開的時節，民也爬上主屋的屋頂，跨過瓦片砌的屋脊，仰望著彷彿透明般的琉璃色天空，以及高懸於九天之上、微微流動著的白雲，想起了那個雷雨的夜晚……思緒彷彿回到了那個被秀美的母親抱在懷裡的幼兒身上。

從屋頂上望出去，對面暗紫色的山巒切斷了一碧如洗的天空。

醫王山。

山頂彷彿與虛空相連，雪光明亮似白銀，連半棵遮擋視野的樹木都沒有，正是有名的白山。近處海拔略低些的那座山，半山腰處有河流環繞，彷彿身穿朱紅萌黃服飾的夢中佳人，那便是人們口中的向山。如同裙擺飄搖的山腳下，便是風平浪靜、如同一面圓鏡的八田潟。

他的視線從常被誤認為小島的白帆上移開，看向輪廓清晰的山岬間生著的松樹，那形狀就像身披綠衣的仙鶴。

即便從自己所在之處遠遠望去，也覺得那松樹庭蓋之下，想必一塵不染。

啊，位於山中的母親墳塋似乎就在那附近。在那之後，兩名女子便時常在松樹蔭下現身——民也如此判斷，但母親的熟人裡，並沒有這樣兩位。

月光明亮的夜晚，二樓面朝山巒方向的四面紙門上，便會映出松樹的影子。有時那影子甚至越過收納雨窗的箱子，一路投到壁龕裡來。

還有，就像如前所述，在伸手不見五指的漆黑夜裡，若是時光流逝，民也回想起難以忘懷之人，那飛濺的流霰水滴，一眼看去也如同白菊一樣。

——原刊於《太陽》一九一二（大正元年）年11月號

甲乙

《 1 》

方才我在嬌小女傭的帶領下，在驟雨暫歇的間隙，到旅館的田裡和家人一起拔蔥去了。我們打算拜託廚師，晚飯就用這些蔥來做味增湯。敲開新鮮的生雞蛋，打到小鍋裡美味的咖哩飯上——說起來，過去咖喱飯也曾被叫做雜煮或者菜粥呢。我最近沒什麼食欲，而且每天都像這樣秋雨連綿的，果然晚飯還是來上這樣一大碗最美味了。

田地旁邊還長著蓼花，那紅色鮮豔得讓人耳目一新。我摘了幾支，跟旅館借了個玻璃杯，把莎草和兀自青綠得跟豆粒般的桔梗插在一起，養在了桌面上。

剛剛女傭又來過了，說是二樓外間的劇場裡有人在做喜劇表演，問我們要不要去看。大概是因為每天都在下雨，旅館也怕住客閒得無聊，才請人來演出的吧。

我打算小憩片刻，正讀著梅里美的《蒂爾吉絲夫人》。真要說起來，這位元作家的作品是應當端坐在書桌前認認真真拜讀的，但這會就算穿著溫泉旅館的棉睡衣，放任地採用這種失禮的讀法，反正也不會有人前來訓斥，不也挺好嗎？

但跟這樣的名作家相比，鄉下地方的相聲表演就未免有點上不得檯面了。不過，看在女傭的面子上，最後家裡其他人還是去了。但說是給面子，想必表演也不會像大都市裡那種連菸都不能抽的劇場戲劇那般無聊吧。對於秋收時節上演的農村劇的野趣，我其實也不是興趣全無的。總之，家人們都興沖沖地去看表演了。

那麼，我也不能老是乾躺著。已經二十天過去了，也該做點工作了吧。我收起手裡的《查理九世時代軼事》，跟三馬的《浮世風呂》擱在一起，收進了櫥櫃。這點膽色都沒有的話，是寫不好文章的。那麼就來寫下新結識的知己秋庭俊之君（此人昨天已經離開旅館）的故事吧……

故事中的登場人物，包括兩名藝妓，還有將湘南的繁華拋諸腦後的、蘆水邊茶屋的女兒……聽故事中的描述，這位姑娘似乎年紀輕輕，大概只有二十歲上下。這可有點不太妙。因為故事情節裡，沒有懵懂無知的二十四、五歲男子的戲份呢。京都大阪一帶，對這種姑娘的稱呼很有趣，叫「小妹」——這叫法可以統稱在茶屋飯店等場合負責接待之類的女性，就算是已經三十多歲梳著圓髻的，只要叫了總沒有錯。過去，江戶也曾經有過類似的叫法，因為是主人家當成女兒養的，似乎是叫作「小姐」。那麼，就當她還是茶屋的小姐吧，名字叫由紀——是這位由紀小姐和秋庭君之間的故事。

這也是兩位女性的故事。她們如同虛影、形如幻象，既像繪畫又像雕刻，不知是神是鬼、抑或是幽靈的……就像《源氏物語》裡提到的「帚木[58]」一般。時間是今年的盛夏。接下來的內容，幾乎就都是秋庭君本人的原話了。

︿ 2 ﹀

「那麼，當時是明治多少年來著？說到新橋地區藝妓的人氣，雖然其旺盛程度從古到今都差不多，但當時那件事還上了報紙和明信片來著呢。說是一對名妓為了『償還業障』……所謂藝妓的『業障』，說白了就是不夠良家婦女那套吧。這種看法連女人自己都接受，於是她們一時興起，打算周遊列國巡禮呢，從板橋到中仙道，然後故意繞木曾的偏遠山路到達伊勢大和，最後走遍整個四國地區。背箱斗笠什麼的都準備齊全，從每天的許願儀式到準備護送之類的工作，報紙一直都在追蹤報道，陣仗鬧得不小呢。說到巡禮的裝束，那當然是笈摺菅笠[59]，跟圖畫書和戲裡面的一模一樣。不過也有報導說並非如此。雖然只是傳聞，但也有說兩人就意氣風發、風姿婀娜地身穿和服，繫著腰帶，直接從東京出發去木曾了。若實際情況並非如此，我真要懷疑當時自己是不是出了什麼毛病。

「除此之外，巡迴四國的兩位藝妓到底是否一人梳著圓髻、一人梳著銀杏葉髮髻這點，可能也只是我當時頭腦混亂看到了幻覺，現在也只是信口胡說而已。但兩人在途中，搞不好就一腳踩空了棧道，或者被御嶽山的神風吹跑了，其真相如今大概已經無人知曉了。

「我想您應該知道，川越的喜多院有『研杵不能豎著放』的不成文規定。因為如果豎著擺就會發生奇怪的事情。曾經寺裡有位大法師乘風去信州戶隱山時，狂風連屋頂都給

58. 帚木是日本傳說中形狀像掃帚的樹，人遠遠地看見它，但一走近就消失帚木用以比喻在戀情中看似有意實則無心的其中一方，在《源氏物語》中就用以比喻拒絕了源氏但與其保持書信聯繫的空蟬。

59. 日本佛記中巡禮的工具、必備品，包含菅笠、念珠、笈摺、金剛杖、輪袈裟、經本、頭陀袋等。

掀了開來。剛好廚房裡有個在搗味增的小和尚，手裡握著豎拿的研杵，也被風卷走消失在雲端了。據說那小和尚因為法力不足，最後是落在了二荒山裡。

「在我看來，兩位藝妓大概正是遇到了這種命運。兩位美女走在木曾街道上，卻被普陀山來的大浪卷走，從險峻山道旁邊的森林上方，金色的扣子像橡子一樣四處落下，那還真是……奇特而微妙的場景啊。

「雖然這麼說未免有點太過荒唐無稽，但說實話，那些母親疼愛、姊妹和睦的女人，整天只會對著天空想入非非，又正值傷春悲秋的年紀，這種事也不是完全幹不出來的。至於像我這種從小孤家寡人的，那時則是寄居本家的叔父籬下，正在上大學，唸的是文科。

「也不知算不算幸運，只談巡禮的話，從風俗角度並沒法推斷出來那兩位姑娘是不是分別梳著圓髻和銀杏葉髮髻。拜之所賜，除了因為無法做出判斷而心下十分焦躁不安之外，終究沒有對我造成什麼其他影響。

「而且本來，就算分別看見梳著圓髻和銀杏葉髮髻的姑娘，對我來說也是什麼意義都沒有的。想也不用想，如果只要一看見有人梳圓髻或者銀杏葉髮髻，就拿著勺子追上去的話，那已經超越了色狼的範疇，根本就不是人做的事情了。跟在馬路上見人就搖尾巴的狗還有什麼區別啊。

「而且我提到的那兩位不可思議的女子，梳著圓髻的那位永遠都顯得品味十足，姿態高雅，臉型瘦削，個子也很高挑。她的膚色白皙，皮膚顯得透明柔軟。梳銀杏葉髮髻的那位則臉色稍帶些許桃紅，臉頰也圓圓的，身材中等……略顯豐滿，肩也比較寬些，相比之下個子比較矮，年紀也比前者要小上三、四歲……看情況五歲也有可能吧。梳銀杏葉髮髻的姑娘，總是穿著條紋花樣的衣服。梳圓髻的女性則要麼穿的是小碎花，要麼是完全沒有花紋裝飾的淺色窄袖和服。

「總是在毫無準備的時候——無論時間或是場所，兩人的身影便如同彗星一般，嗖地同時在我面前顯現。那種感覺十分難以形容。既非驚人也非美麗，既非懷舊也非寂寥，既非不安也非膽怯，甚至也不是尊貴——任何一個詞語都無法形容那種感受。

「就像剛剛說的，若是兩人不在一處，分別見到的話就什麼感覺也沒有。只有兩人並肩倏忽出現，或是款款走來，或是停留原地，或是悄然遠去之時，才會產生那種奇妙的感覺。」

筆者聽到此處，不由得坐正身子，推開了酒杯。

聽他如此道來，總覺得那並不僅限於兩人並肩的場合。就算不在同一時間地點出現，只要圓髻的姑娘身邊也跟著圓髻的姑娘，銀杏葉髮髻的姑娘身邊也有銀杏葉髮髻的姑娘，像是影子——有形有色的影子一樣並肩而行的話……不，不止兩人，甚至三五人也不奇怪——梳妝打扮一律相同的女性身形飄忽地並肩前行的景象，似乎光憑這番描述就依稀可見，令筆者不禁毛骨悚然。

《 3 》

「最初見到那兩位女子，是在故鄉的老家，那時我大概八、九歲。……我的母親年紀輕輕就去世了，當時剛好是一周忌。漫山遍野下著凍雨、漆黑冷清的夜半時分，是我和小學的朋友一起看到的。該說是懶人必做的季節功課吧，為了準備考試，我們正在徹夜複習，讀著某本地志摘要。『白山據稱為北陸道第一高山，秀於郡東南隅，跨越前、美濃、飛驒。其有三峰，南稱別山，北稱大汝獄，中央稱御前峰……後有劍峰，其狀如五劍破空，四季積雪覆頂。山中有千仞瀑，懸於御前峰之絕壁，較之美女阪更宜遠觀。其景如飛流瀉自白雲之端，真乃奇觀也。此外尚得美登利池、千歲谷——』當我們像這樣哆哆嗦嗦地不停念著書時，原本悄無聲息的凍雨稍停片刻，突然變成了劈啪作響的大顆流霰，從身旁舊紙門的破洞上投進天井的臺燈光芒中。燈光將水滴照得閃閃發亮。在這連老鼠都悄無聲息的寒夜裡，通往毫無人煙的二樓的臺階上，突然浮現出兩人的身影。其中一個身穿條紋服裝、梳著銀杏葉髮髻的姑娘手裡拿著玻璃油燈，燈罩已經被熏得髒兮兮的。如果在這裡要渲染氣氛的話，大概該說拿的是藍色火苗的蠟燭，但很可惜，確實是油燈。就連另一個梳著圓髻的婦人身上淺色的衣衫紋樣和腰帶也被燈光照得清清楚楚。我們正在驚恐的時候，輕巧的腳步聲也順著樓梯一路『咚咚咚』響下來了。我跟尖叫著的朋友一起跳起來，衝進父親睡著的儲藏室，一頭鑽進被子裡，兩個人滾做一團。這是她們的第一次現身。當時我還是天真的小孩，因此還曾經不時跟別人提起這回事。

「再就到了第二年，差不多秋末的時候，雖然被叮囑說：『沒有母親在家的小孩聽見蛙鳴就該回家。』跟朋友分開後就打算回家去，但又覺得孤單想繼續一起玩，於是又從自己家左邊的那扇紙門前走過。這間屋子是住在前大街的大商人的別院，通往主屋的泥地房間寬敞得大概十人並排走都沒問題。這泥地房間和我剛剛說到的、我家通往二樓的樓梯，就只隔著一道牆壁而已。

「因此我小時候，經常在樓梯中段彎腰偷聽隔壁泥地房間裡的腳步聲和說話聲，一邊試圖想像那是何年何月發生的什麼事情。隔著一層土牆聽去，那些說話聲談論著遠處的雞鳴等諸如此類的話題，像是來自另一個世界的話語，從對面的泥地房間裡不時漏過來。對小時候的我來說，家裡的樓梯就像故事裡妖怪盤踞的大山一樣，是個陰森神秘的坡道。現在，這家鄰居的紙門居然開了一扇，一眼望去就像個巨大的洞窟。梳著圓髻的婦人就站在洞口。梳著銀杏葉髮髻的姑娘則彎腰盯著腳邊的泥地面，似乎是剛從屋裡出來，木屐脫了下來拿在手裡……這麼看起來，她們並非是剛進那所別院，而是穿過了無人居住的整棟房子，正打算從這扇紙門裡出來。不知為何，我一想到這點就突然覺得毛骨悚然，拔腿就往街對面跑去，然後神思恍惚地回到了家裡。

「之後又過了大概兩年，上門勸說父親續弦的人家絡繹不絕，最終定的人家來自離城區六、七裡的合歡浜——名字雖好，但當地人在睡眼惺忪或是想打個盹時，常說的一句話便是『啊，合歡浜派人來接了[60]』，弄得那個村子像夢境之鄉一樣。其實，之所以叫這個名字，只是因為村子裡有桃林，映襯著浜邊的白砂，讓人感覺像一年四季盛開不敗的合歡花一樣。

一向寺法師的某位侄女就住在那村子裡，商談妥當之後似乎要成為父親的續弦，於是父親帶著我一同前去見面。對我來說，有生以來步行超過三里，這還是第一次。因為聽說要有新媽媽了，不管別人如何攔阻，我還是蹬著過大的草鞋，辛辛苦苦地走完了那條林蔭道。在草庵似的小寺廟裡，坐在住持屋外的木板走廊上，就能聽見隱隱約約的海浪聲。從這裡到浜邊已經沒有多少路了。我們途中是在驛站茶館吃的午飯，到達寺院的時候已經

60. 這裡「合歡」的發音跟日文裡的「睡眠」一樣。

入夜了。那是一個初夏的夜晚。父親和法師隔著座燈，不知道在講些什麼。如果規規矩矩坐著的話，腳很快就會被蚊子咬得全是包。我實在是沒法乖乖地安靜待著，於是就像小孩子會做的那樣，光著腳從走廊一路走到浜邊去了……雖說是雪之國，但這下子也熱得很，一絲風都沒有。我將海邊錯當成湖泊或者池塘，緩緩地走在沙灘上。月光在山裡雖然顯得很明亮亮，換到海上卻只像一片閃著微光的霧靄。我一個貝殼也沒找著，又弄不清自己身在何處，背靠著海邊比我高上好幾倍的松樹，遙望著地平線和無窮無盡打來的浪花，不知怎的就悲從中來，眼淚都快要掉了下來——這時一艘漂浮著的小船突然映入我的眼簾。就在離岸不遠的海面上，那茫茫的霧靄中，有兩名幻影般的女子在上面。船穩穩當當地駛近了。

「圓髻的婦人將前臂擱在船舷上，正目不轉睛地盯著我看。邊上梳著銀杏葉髮髻的姑娘，正用手舀著海水玩。整條船彷彿鍍上一層銀光，沙灘則被桃花映得一片粉紅。正是所謂合歡花的月夜。『吶，父親，母親和一個姐姐在那裡……』後來當我回想起這一幕時，經常疑惑自己當時為何沒有朝那條船撲過去。憤世嫉俗、病痛纏身，或是情場失意之時，我時常這般想起……當然，那時如果上了船，就意味著淹死在海裡。『母親和一個姐姐在那裡！』我一邊叫喊著一邊跑回走廊上，大概是當時真的還命不該絕吧。

「不用說，續弦的事情當然也因此無疾而終了。因為當時面目可憎的準繼母也來了，就坐在座燈沒照到的陰影裡呢。」

俊之君彷彿沉浸在回憶中一樣講著。

「自那之後，不論時間，不分場所，我動不動就能看到那兩人。不知為何，我開始覺得那大概是從前世就纏上了我的女性星宿之類的東西吧。不，在我投身世俗、成家立業之後，不知不覺間就忘掉了她們……或者不如說，很少再回憶起來，偶爾在夢中見到，也只有『啊，又是那個夢』這樣的感想了。

「然而，就在今年八月——

「接下來要講的故事，跟海灘和寺廟又相隔甚遠了。不再是桃花掩映的白色沙灘，而是一望無際的沙漠那樣的……」

《4》

「跟人約在東京站見面，我稍微去早了一點。『家屬還沒到嗎？』我站在等候室和月臺的交界處，突然腦子裡蹦出來這樣一句。雖然這會兒還是早晨，但已經相當熱了。這讓人喘不過氣來的白天，總是讓人不禁開始胡思亂想。就算去海邊度假，途中想必也會熱得要死，還不如暫緩行程呢。我已經開始搖擺不定，不禁擔心自己的腦袋是不是已經熱出了毛病。

「就在此時，熱氣蒸騰的人群中，梳著圓髻和銀杏葉髮髻的兩名女子，像夢境一般，身穿輕紗，穿過人群向我走來。『啊呀。』我不禁暗自一笑。『早安。』年輕的那位對我說道。年長的那位只是優雅地收著下頷衝我點了點頭。」

——最開始筆者曾經寫道「兩名藝妓」，根據俊之君的說法，是「年長和年輕的女性」。但此時筆者一邊記錄，一邊覺得兩人在故事中給予他人的印象，至少在筆者看來並不十分有藝妓的感覺。也許該重新假定，兩人其實是姊妹關係。

「我像是突然清醒過來——不，該說是像突然從龍宮浮出水面、結果發現自己置身東京站一樣。與此同時，兩人被來來往往的人流衝擊，也已經不再是並肩而行，而是和我一樣停住腳步，組成了這人流中一個小小的旋渦。……這並非秘密，也絲毫沒有不可思議之處。因為她們就是今天我要約見的人。……其實是昨晚，因為實在太熱了，我便跟姐姐那方說：『找個不太遠的地方去透口氣吧。』『那好啊，乾脆第二天就去吧。』姐姐借著酒意說，『可還有很多事情沒做，要怎麼辦呢？』『其實大概再過個四、五天會有空吧。』我這樣含含糊糊地對姐姐說。姐姐性格比較溫和，因此一直附和說等到我有空再去也沒關係，正要改換話題時，『咦，在說什麼呢？』來遲的妹妹突然叫起來，『明天去嘛，明天就好啦，就明天去吧！一直說這不合適那不合適的話，又不知道拖到哪年去啦。』於是，我們最終約好了，就定在第二天，也就是今天出門。要說不可思議的話，這兩姐妹也是夠不可思議的，應該說自然規律真是奇妙嗎？苗條的姐姐手裡提著細長的束口布袋，身材略矮胖些的妹妹則背著鼓鼓的布包。這還真像個笑話啊，幻影變成了現實，僕從家出身的小孩一躍成為了有藝妓作陪的大少爺了。

「上車之後，兩人還是黏在一起。從我這邊看過去，光是那一頭秀髮挽成的形狀，就有時像菩提樹，有時像停在石榴花上長著美女臉的鳥，總像是又要將我引入夢中的世界。但說歸說，車上實在是沒有車站裡人那麼多。

「這天恰逢周日，到海邊一日遊的人也成群結隊，結果車廂裡就像露天的桑拿室一樣，人也都像剛從水裡撈出來似的。即便如此，一兩個空位還是有的。面前這個隔間已經坐了兩個人，我就只能坐在穿著西服、又高又壯的某位紳士旁邊，又往裡擠了擠，總算是坐下了。剛好對面那排座位還有一個空位，而她們正在人流的推擠中走過來。

「『姐姐坐嘛。』

「『不了，還是你坐吧。』

「互相推讓一番之後，正當梳著圓髻的姐姐打算坐下時——

「『這裡有人了。』隔壁的人突然說。那人膚色微黑，雖然身材瘦削，但骨架卻也不小。他的身上穿著似乎是麻布的立領西服，顏色介於灰色和茶色之間。他一邊伸手敲著旁邊的空位，一邊脫下身上的外套，扔到空座位上。幸好姐姐最後在斜對面的隔間找到了座位，妹妹也在她背後的那排坐了下來。眾所周知，這種班車的椅背一般都是很高的，而銀杏葉髮髻的髮型則不湊巧比較矮……就像人偶箱子上蓋了藍色天鵝絨的蓋子一樣，從我這裡完全看不見她了。梳圓髻的姐姐倒是端端正正地坐著，隔了一條走廊和我面對面，這下可糟了——想跟妹妹做個鬼臉都不行了。這次的車程不到三小時，但是有餘裕覺得無聊的只有最開始那一下子。在品川又擠上來一撥人，看來後邊還有得忍呢。可即便到了這個地步，對面那個這會兒只穿著白襯衫的男人，還在一會用手按著，一會用手指彈彈，一會用拳頭掃掃椅墊，『這裡有人坐——有人坐的哦。』雖然我有點想出聲指責，不過看在他這麼努力不讓別人占了位子去的份上，我最後還是什麼都沒有說。……估計那個同來的人，要麼在列車不知道哪裡跟認識的人聊天，要麼就是去洗手間了，反正至今還沒出現。人都已經多到這個份上了，還要一個人占著那個座位嗎？在我詫異之時，列車已經駛進了大森站。白襯衣君一邊聳著肩，一邊突然站起來，我正以為他要從窗子裡向外探身的時候，一把鮮紅的洋傘突然像離弦的箭般從窗戶裡飛了進來，那顏色鮮豔得彷彿要滴出血來似的。白襯衣君一把接住了洋傘抱在懷裡，動作跟斯巴達的勇士有得一拼了。不管怎麼說，那可是列車還沒停穩的時候啊。」

俊之君輕輕吐了口氣，接著說：

「動作真的敏捷無比……在如雪崩般湧進來的乘客最前端，大搖大擺地走進來的，是一個藍色帽子的腦後綴著飄帶、穿著及膝洋服的女人，她的手臂上挎著花俏的手提包，上面的玻璃珠子閃閃發亮。她一隻手按著快要從領口溢出來的胸部，另一隻手高高舉著——應該不是故意揮出來，而是投擲洋傘之後的慣性動作吧。女人走到空位前，那無可救藥的大屁股「噗通」一聲坐了下去，其動作卻絲毫不顯遲緩。跟游泳圈一樣的屁股接觸到椅墊的同時，紅色的洋傘不知怎麼就夾到了兩腿之間。然後她一腳踢開洋傘，用膝蓋蹭了蹭靴襪，借著這個兩腿交叉的機會，膠靴的鞋尖和戳著洋傘的手都咚咚地敲著，同時一手搭在了白襯衫君的肩上，再彎過胳膊來撐著自己圓滾滾的臉，將剛好遮住兩點的胸部晃來晃去，用故作京都腔的甜膩聲音叫道：『哦哦，辛度。』然後開始不停地嘮叨起來。真的是像機關槍一樣……那發黃的牙齒上下動作的節奏，和飄帶帽子隨著她那粗短的脖子上下晃動的節奏如出一轍。

「從小臂開始，不用說脖子了，就連胸前都塗滿了白粉。女子寶貴的肌膚，就披著這麼一層厚厚的化妝品展現人前。……即便如此還是得感謝上天，因為這位自以為是的貴婦人，那汗液似乎要噴薄而出的胸脯上，還到處都是跳蚤叮出的紅包呢。

「列車經過川崎的時候，女人已經耷拉著長滿汗毛的脖子，臉孔伏在白襯衣君的肩膀上，坐著睡著了。但似乎臉朝下睡得不是很舒服，她的脖子扭來扭去的，最後變成斜著仰靠在男人的肩上。但讓人實在看不過眼的是，這會兒女人不僅把衣服下擺高高拉起，滿不在乎地撓著身上被跳蚤咬的包，還蹺起二郎腿，把鞋底一直伸到別人眼前。

「至於男人那邊，這會兒已經被擠得緊緊靠著車窗，身體都彎成了弓形，硬是支撐著不動。最開始，他還抱著胳膊，手伸到女人身後摟住來著……結果終於無法忍耐女人身上噴出的熱氣和天鵝絨的椅背，把胳膊收了回來，把手臂像翻肚皮的魚那樣放在肚子上乘起涼來，還跟著火車行進的節奏吹起了口哨。

「看破紅塵到了這種程度，說實在的，真不知該說是令人羨慕，還是什麼好了。

「我已經不知道眼睛往哪裡看才好了。座位間的通道也已經擠得滿滿當當，半點縫隙都沒剩下。這會兒我的頭頂上，是一大把紅頭繩紮起來的大圓髻，頂著這頭秀髮的夫人也幾乎是彎著腰，差不多算是坐下來睡著了。隨著她的頭一點一點，從髮髻裡散下來的頭髮就打在我的耳朵和臉頰上……按理說被美女的頭髮掃著，佔便宜的應該是我才對，但卻完全不像兒歌和小說裡說的那樣，能讓我有背上一涼的感覺。落下來的頭髮都被汗水弄得濕乎乎的，黏成一條一條貼上來，黏糊糊的難受得很。雖然夫人膚色白皙，長得也還不錯，但也已經是有孩子的人了。彷彿被人群隔開，對面抱著兩個戴海軍帽的小孩、身材瘦高的男人就是她的丈夫。丈夫的份加妻子的份——我心不在焉地數著。就算加上孩子的份，九把洋傘這也未免有點……太過了吧。

「結果，事到如今，現實世界的密度越濃稠，圓髻和銀杏葉髮髻那如同夢幻般的氣息，就顯得更單薄了。沒準不知何時就變成幽靈消失了蹤影呢。

「『提神的……』

「妹妹的聲音隱約從對面傳來，嘰嘰喳喳的，像個野丫頭。我轉了轉眼睛，看見她勉強從椅背上探出半個頭，挑起嘴角微微一笑，手從椅背上伸過來，搭在姐姐的髮髻旁邊，遞過一個紙包。姐姐接過來，越過帶小孩的夫人肩頭，遞給我：『據說是給你提神用的……的確是很熱呢……』

「然後，她斜瞥了一眼妹妹還放在自己面前的手，退回座位上坐好。

「我一邊苦笑，一邊舔著之前從來沒吃過的糖漬檸檬。不管怎麼說，如此這般行事不正，不是顯得兩名女子更像人了嗎？

「在那巨大的紅色蝙蝠般的洋傘就舉在面前的威脅下，我身邊那位上了年紀的紳士，真可說是高人了——或者說是聖人也不為過吧。要說為什麼，從我們自大森出發，到巨大的紅色蝙蝠展開雙翼在鎌倉下車為止，這位紳士一直都鎮定地沉睡不醒。

「但要說他真的睡著了，似乎也不是。大蝙蝠一飛離座位，他就睜開了眼，從置物架上取下他的巴拿馬帽，一邊往窗外撣了撣灰塵，一邊帶著超脫的神態說：『您想必也很擠吧……給您添麻煩了。』

「我吃了一驚：『不會……請過吧。』

「於是，他緊貼著我從座位間擠了過去，然後將手杖夾在胳膊下面，悠然自得地下車去了。」

講到這裡，俊之君又端正了一下坐姿，然後繼續說下去……

《 5 》

「我想表達的是——不管這種感情是否成功地傳達給您，我在向紳士表示敬意的同時，對紅蝙蝠女和帶孩子的夫人也有著同樣的感謝之情，絕對沒有敵視的意思。雖然這種感情變化是何時發生的，我自己也不甚清楚。總之當晚，我和兩名女子睡在同一個蚊帳裡，但彼此間都離得遠遠的。

「於是，那是幾點來著——我第二次渾身大汗地熱醒的時候，應該正是夜色最沉的時分。我心情鬱結，難受得像是喉嚨裡被塞了米糠一樣。蚊蠅拍翅的聲音從黑暗裡傳來，在大蚊帳的頂上盤旋不去，壓得人感覺快要窒息了。

「蚊帳很大，房間裡四、五個地方都設有掛鉤，能把帶回廊的十五疊房間、連帶裡面鋪的三張床整個罩住，多出來的下擺還一直拖到走廊上。對我來說，這大富大貴人家才用的東西還真是十分新奇……雖然可能並非很廣為人知，但我們是聽說這家旅館是從江戶時代就一直經營的老店才來的，好歹也算是有名的店家了，而且食宿費用一起算，怎麼看都是有些歷史餘韻的做派。蚊帳頂上破了不少嬰兒手掌大小的洞，那樣子就跟千瀉的蟹洞似的，光是一側就有差不多五十個口子。當然，每個破洞都仔細地補好了……陳舊的布料上多了顏色濃淡的區分，感覺一眨眼就會被眼前這無數的旋渦所吞噬似的……這長滿了大痘疤的妖怪臉，若是掀開天花板逃出去了，估計至少能嚇死一村子的人吧。這裡我最好還是再提一下，這座旅館因為在前年的震災中未能倖免，房子被燒掉了一棟，據說還死了兩三個人——蚊帳大概就是在那時被火灰燙出了洞，或者是在荒廢的時候讓侵入的野鼠群給啃了吧。

「兩名女傭把蚊帳掛起來的時候——『哎。』姐姐貌似心不在焉地說。『這還真是淒慘啊。』妹妹也不假思索地應和道……明明自己也只穿著簡單的浴衣，住在這跟蚊帳一樣到處都是孔洞、四處漏風的木屋裡，但她們還是如此感歎。

「實際上，海岸這邊我們也逛得差不多了，但旅館的事並非是親耳聽工作人員提起，或者是看到照片之類的。建築倒塌、起火外加死人這些，都是路上聽汽車司機說起才知道的。

「『那還真是有點讓人擔心啊。』兩名女子沉默地對視了一眼。

「坍塌過後那可怖的場景還原樣保留著，汽車經過時顛簸得很厲害……就因為這個，我們才更想要問問情況來著。

「司機像馴服烈馬的騎手一樣，挺了挺腰板，昂然說道：『到來年的……九月一日十一點五十八分為止應該都不會有問題哦。』他一邊說，還一邊大笑起來：『今天是八月十日吧。』

「混蛋，居然拿這種事開玩笑。我家裡——妻子前年去世了，如果同來的是她的話，絕對不會允許這傢伙說這種把人當傻瓜的話。不，就算不是她，我也不希望讓其他親人聽到這種話，尤其這話題中提到的，還正是我們要去借宿的目的地呢。

「『無所謂，我們會待到九月一日的。』我誇下海口說。

「汽車顛簸得越發厲害，但最後總算是安全抵達了。在經過村口那座土橋的時候，還真是千鈞一髮，相當危險啊。

「目的地是經逗子過葉山之後，往秋谷、立石方向途中的海灣。但與想像中大相徑庭的是，那座被稱為第一土橋的橋下，完全沒有半點水的痕跡……按照計畫，我們本來應該看到海潮寧靜地從橋下通過，流進名叫『水戶屋』的海濱旅館門口的大池塘，碧綠的蘆葦連綿不絕，還有漁船停在正門口。然而，此刻放眼望去，無論哪個方向都是大片連沼澤都算不上的泥地，就跟特意挖了排水溝似的，在烈日的炙烤下，曾經泡過海水的土地粗糙乾裂得像是一片土……眼見此景，頂多就只能想象一下那遙遠的雲彩盡頭，下方是否有海面了。這連幹掉的池塘都算不上，根本就是已經生機全無的泥地。聰明的青蛙什麼的早就都搬家了，連爬出來求雨的蚯蚓都沒有一條的鹽鹼地上，成群結隊的海蛆正在爬來爬去……空中則盤旋著大群的羽虱，灰濛濛的一片，一眼望去就跟火藥燃燒產生的煙霧一樣。

「我們從已被擠垮了半邊的藤條涼棚，一路經過作為房屋樑柱的原木柱子，走到能容三人並行的寬走廊上，望著四面八方一望無際的巨型乾涸沼澤時，感覺就連火爐般的東京也變可愛了呢。

「請別指責我為何如此挑三揀四——我們可是打算到海邊納涼的啊。

「『海也有漲潮退潮的嘛，等漲潮了肯定就會有水了。』我面對原本滿懷期待地一同前來的姑娘們，像是辯解般地說道。

「『想必如此，若是月夜的話就更美了。』姐姐的回答也相當穩重。

「跳脫的妹妹的反應則是：『來點雪花的話肯定很漂亮！』

「說真的，這並非諷刺。原來如此，若是這裡下雪的話，大概會像是一幅黑炭畫的山水畫吧。

「但這也是進入房間以前的感想了……房間裡隨處散落著蜜柑皮啦、香菸紙盒之類的雜物，還完全保留著去往三崎的帶著小孩的客人吃完午飯剛走的樣子，根本沒有打掃過的跡象。破舊的紙門一直都大敞著，看上去已經不甚牢靠，上面畫著的寒山拾得圖，裡面的人物像是在對著我們指指點點，品頭論足——而且就像是從畫中人手裡掉出來的一樣，紙門上居然還靠著一把掃帚。

「居然差成這個樣子，開玩笑也要有個限度吧。但之所以到現在我還沒有爆發，是因為剛剛走進木質大門時，越過前庭看見對面的走廊上，有個女人正溫順地伏地行禮。旁邊不遠處有個穿著西裝的男人，看樣子像是林業局的巡邏員之類的，正踩在高高的脫靴石上，坐在欄杆上面，手裡的啤酒罐擱在身邊的花盆上。這情景簡直就像水戶屋還像歷史上的食宿旅館那樣保持了傳統，其實也有點意思……於是我們直接穿過那稱不上大門的大門，自覺地跟在女傭身後，正要從他們身邊經過時，那位溫和的女子抬起頭，似乎很高興地看著客人。

「『一定很熱吧。歡迎你們，快請進——請務必好好休息，好好享受。』

「隨即，她馬上退進了紙門的陰影裡。穿西裝的男人也繫上鞋帶，把零錢往兜裡一揣，撐開結實的大洋傘朝門口走去。剛剛的女子也一直送他到旅館門口。有個女傭端著茶盤朝我們走來，和他們擦肩而過，並將我們領到——房間深處由屏風隔開、還放著野鳥標本的地方，應該算是坐席嗎？三人圍著茶盤坐下，在這感覺就像妖精的誦經會馬上就要開始一樣陰森，滴答滴答地淌著汗的感覺，真是讓人受不了……然後，女傭開始慢吞吞地替我們打掃房間，掃完之後從右邊的走廊離開了。我盯著這鹽鹼化的大沼澤看時，發現山腳那個方向有條陷在泥裡的小船，船舷已經碎成了一條一條的，一眼看過去就像鯉魚，抑或是鱷魚的大顎似的。這還真是悲慘啊。

「一看便知是山裡人的女傭又過來了，請我們移步二樓。得救了，本來還以為要在這裡一直忍到明天呢。啊，這樓梯居然比來時路過的三崎街道還要寬，還真是了不得啊。我們三人信步上了樓梯，在依然很寬敞的樓梯口跟走廊接壤的地方，手拿白色的抹布、正將竹掃帚掛回牆上，以年長女性的姿態邁著小碎步快步前來迎接我們的，就是剛才那位溫和的女子。她放下抹布，向我們打了個招呼，稍微聊了幾句之後，就邁著輕巧的步子，咚咚地下樓去了。那腳步聲雖然略顯慌張，但卻也不乏賢淑優雅之感。

「她雖然穿著跟女傭一樣的服飾，但年紀卻也已經不小。在我看來，可能已經有二十六、七？……容貌精緻，五官顯得十分有神，雖然不知為何透著一點淒清，但圍著腰帶的身姿又頗顯嬌媚——這就是水戶屋的『小姐』由紀。當然，這也是我們後來才知道的。

「然後，我又看見了奇妙的景象——在您聽來果然還是很奇怪吧，但這對於我來說，已經是如同家常便飯的事情了……要說是什麼的話，當然還是那兩名女子的事了。我從澡堂出來時，兩人已經換上了帶來的浴衣，繫著一貫的窄腰帶，正準備去泡澡。兩人的浴衣一個是縱紋，一個是方格紋的……這還沒什麼。姐姐脫下的衣衫，正掛在面朝沼澤的欄杆，以及屋樑間架起的晾衣竹上。隱藏在衣擺陰影裡的是一片朦朧淡紫的圍腰裙，正在海風中輕盈地舞動著。此刻大概是下午兩點左右，正是日頭毒辣的時分，土橋上也好，海濱路上也好，一個人影都沒有。還好風還是有一點的，往裹著一層薄汗的身體上一吹，倒也覺出幾分清涼。那圍腰裙下方脫著的白襪，就好像蓮花——雖然有點對不住蓮花，但還是請容忍我想到哪說到哪吧——就像含苞待放的白蓮花一樣。同時，我身側的紙門橫欄上，也掛著妹妹的衣衫，那下面團成一團的淺紅色錦紗，一眼望去也像一朵淺紅的蓮花。自我們從東京站出發，在火車上被紅蝙蝠襲擊，一直到如今為止，有感覺到『啊，真涼快』的，就只有坐汽車前往這裡的途中，在山谷口的路邊偶然見到一池蓮花。其中白蓮盛開兩三朵，即使在這樣的暑熱旱天裡也帶著露珠，更有一朵紅蓮在旁綻放，兩者交相輝映——就只有這一幕映入眼簾的片刻而已。

「又一陣涼風拂過，但羅衫卻比風還要輕……姐姐的衣服從晾衣竹上飄落下來，但並沒有堆在地上，而是在風中被拉扯成長長的一條，衣襟和肋下的部分隨風拂動著，朝著天空飛去了。在我『啊啊』地驚叫之時，妹妹的衣服也跟在後面飛起來，兩件衣裙並肩飄走了。我正盯著翻飛的衣裙後擺時，原本掛著衣服的晾衣竹「啪嗒」一聲掉了下來。隨即，兩件衣服就像一個撓了另一個癢癢般，忽地一起掉落下來，在地板上攤成了一攤。

「我心裡一驚。說是一驚，其實程度遠不止此。一瞬間，我以為自己方從夢中驚醒，然而這確實並非夢境，那麼在洗澡的兩女，是否會像金蟬脫殼般留下這兩件衣服之後，就消失在後山的松林裡呢——雖然知道自己這樣有點過分了，但我還是偷偷跑到已經熟門熟路的澡堂外邊去偷看了。因為裡面是女性，門當然是好好關著的了。因為水氣的關係，妹妹的笑聲顯得有點悶，姐姐似乎在靜靜地用小桶打水洗著。雖然很猥瑣，我腦海中還是不禁浮現出彎下腰來的白色身體，以及被熱水蒸成粉紅色的乳房……但最後我還是趕緊自我洗腦說：不過是白蓮和紅蓮在洗澡而已，然後步履匆匆地回二樓的晾臺去了。

「結果就像動也沒動過那樣，兩人的衣服好好地掛在原處。雖然想想也覺得，大概只不過是女傭來過，幫著重新掛好了而已，但還是有種稀奇之感。

「我和洗完澡的兩人碰頭之後，午飯送了上來。鮪魚的刺身盛在冰上，小蝦和胡瓜拌在一起，看起來還挺健康的。但兩女居然要喝啤酒。哪有喝啤酒的神佛鬼怪啊？而且她們還抱怨：『這個，不是冰凍的呢。』這到底是哪門子的幽靈啊！

「而且，三個人大中午的隨便躺在地上呼呼大睡，已經半點都談不上客人和藝妓、姐姐和妹妹、叔母和侄女，或者幹脆是否是人類的區別了。

「傍晚時，外邊也依舊是一片平靜無波的悶熱。但時不時能看到入海口那裡漲潮湧上來的浪花，我們不禁受到鼓舞，向女傭問了去據說是當地風景第一的山丘的路，三人一起出發了。潮水已經漲到了土橋下。途中的玉黍田也好，路邊的夾竹桃也好，在這個沒有一點風的悶熱天氣裡都紋風不動。兩女爭著要去買菸：『我來吧。』『那什麼，這種小事還是我來做啦。』……東京女子還真是捨得花錢。我們像是郊遊一般，溜達著走了大概

七、八條街的距離，爬上因為地震而變得七歪八斜的石階，穿過野草叢生的墓地，九曲八彎之後終於成功登頂——山頂上什麼都沒有。只有一間葦席搭的茶棚，裡邊坐著一個滿是皺紋的黑臉婆婆，膝蓋上還蹲著一隻從頭黑到腳的狗，四隻眼睛都毫不避諱地盯著我們看。

「從這位婆婆那裡，我們聽到了一些不太愉快的話題。

「……姐姐一隻手支在小茶几上，身子微微地扭著，伸展腰肢，眺望著遠方淡淡的霧靄。妹妹站在懸崖上架著的六尺長的望遠鏡旁邊，一眼看去那景象就像廣重[61]的畫一般——但跟老婆婆講的故事聯繫在一起，就不免生出些微妙的感覺來。

「面前一望無際的水田裡，看似會有大雁前來休憩的樣子。對面山上密林裡的寺廟，據說原本傍晚時會敲六下鐘，可惜那鐘樓現在也已經塌了。富士山在右邊的極遠處，在讓人屏息的深沉暮靄中若隱若現。海灘也被夕陽染成一片鮮紅，海面上沒有半點帆影，也看不見一顆星星。

「『您看到了吧，從那邊黑漆漆的海平面上，隔三差五朝沙灘方向沖過來的海浪？

浪剛好打不到的地方啊，就是螃蟹啊貝殼啊那些的洞，還長了不少蘆葦的，就是那裡。長了蘆葦啊，就說明不久之後，這片海就要乾掉變成陸地啦。這也沒辦法吧。因為去年的大地震，海底往上升了三尺呢，各家的土地也相對地少掉三尺啦，嗯。現在漲上來的潮水，您看到沒有？就跟成群結隊的海參似的，把蘆葦往海裡邊拖呢。這一村子的人都絲毫沒有動手清除淤積的意思啊，就是因為知道這片海灣，過不了多久就要完全乾掉了，最終會變成除了蘆葦什麼也不長的廢地吧。」

「老婆婆像是自言自語般地，蹲在生鏽的大茶壺旁邊，一邊嘟嘟囔囔著，一邊撫摸著黑狗的背脊。黑狗也應和著發出吱吱嗚嗚的叫聲。有時，她也伸手去揉狗的肚子。啊，那婆婆有時露齒一笑的樣子，還真和那狗有些相似——這是我第一次認識到這件事：深沉暮色中一動不動的狗，居然也挺令人毛骨悚然的。

「『客人老爺住的那間水戶屋，當時是最早沉到海裡去的。』

61. 歌川廣重，有名浮世繪畫家，其畫作對日後印象派發展有相當影響。代表作《東海道五十三次》、《江戶名所百景》等。

「暮靄中，旅館還沒有點起燈，瓦片屋頂一片漆黑，包著白鐵皮的屋簷則閃著淡淡的光，就像反射著並不存在的月光一樣。走廊也好房檐也好，都像被庭院和蛇般的土橋吸引著一般，朝小小的藤條涼棚方向傾斜著。

「『那個時候的山下啊，包括那條江上的土橋，已經……都成了一片汪洋啦。天也好海也好，都像在咆哮一樣，大地和水面都在震動，就像用畚箕篩豆子一樣的。那個水戶屋的屋簷啊，被從柱子上硬扯下來，扭得亂七八糟的——我啊，當時就在這棵松樹邊……』

「她指了指懸崖邊上如傘般張開的高大松樹。那樹也朝著懸崖的方向傾斜，有一根主枝折斷了。

「『我抱著松樹根都看到了，被衝垮的屋子頂上，不知道哪來的一條白狗站在上面。晾在屋頂上的浴衣，就像人一樣，乘風越過欄杆飛出去，然後一頭紮進水裡。那時候，海那邊反而沒水了，簡直就像大海和陸地換了位置一樣啊。那條白狗啊，像是發狂了一樣，想要朝有地面的海灘那邊衝過去，那氣勢像是能跑到世界盡頭似的——就在這時，水戶屋的西北角房簷下，黑煙從天井裡不斷往外冒，就像有黃雲升起、紅旗飄動似的。當男女老少都忙著救火的時候，一直當家的太老夫人給困在櫃檯那裡，結果過世了。村裡的人都說，比起救火，不應該先救人嗎？太老夫人就像母鳥抱著小鳥一樣，連抱在懷裡護著的兩個小孩子也死了。老夫人也是，前年就去世了，就剩下一個小姐，倒是一口氣把房子重新整修起來了。了不得的姐姐呢。她弟弟被送去東京上學了，地震的時候不在，只有一個姑娘家背負這些罵名。就算保住了房子和自己的命，卻害死了老人小孩，簡直就跟不祥的黑狗一樣，是吧——』

「隨便你怎麼說吧。那些人又不是被害死的，只是個意外而已。在那種情況下，還要硬跟被倒塌的房子壓住、困在火場裡的人共進退，那不是救人，是自殺——我這麼想著……這當真不是什麼令人愉快的話題。但失去了祖母和幼小的弟弟妹妹，獨自一人撐起水戶屋活下來的小姐，應該就是那位溫和的女子，我的直覺這樣告訴我——該有多難過……在這閉塞的小村子裡，想來也很難掙得自己的容身之處吧。我的胸口隱隱脹痛起來，覺得她實在是太可憐了。

「『真是不討人喜歡的婆婆啊……』

「『就像被黑狗附身了一樣，那隻狗也跟婆婆好像啊。』

「我們沿著石階往下走了幾步，兩女正說話時，我回頭一望，發現那狗正趴在石階入口處偷窺著我們。這種時候——被鹿踢太便宜牠了，不如來隻老虎把牠叼走吧。我差點撿起石頭去丟牠，但還是被兩人阻止了……我們一邊觀察著路邊的墓碑，一邊下了山。有幾座墓看上去還挺新的。

「『想見見她呢。』雖然妹妹這麼說了好幾次，但是在那之後，由紀小姐一直都沒有露面。

「啊，我講的順序有點顛三倒四了吧。」

「總之，回到深夜被熱醒的時候吧。但絕對沒有想對小姐抱怨的意思……無論是用舊的蚊帳，還是上面佈滿的洞，都只讓我更加意識到由紀小姐無處不在的勤儉，但這實在是太慘烈了——接下來，我將繼續描述這淒慘的狀況。隔壁還有兩間八疊大小的房間，整棟屋子也有兩層樓，但這晚除了我們之外，其他客人一個都沒有。電燈的光線昏暗倒不僅僅是這裡的問題，鄉下地方大抵如此，估計得把燈泡舉到眼前才能看清楚地面上草席的紋路吧。這樣的燈泡掛在蚊帳頂上，不僅什麼用都沒有，而且還吸引了一大群蟲子圍著轉來轉去。在這三面都被泥沼包圍的地方，蚊蟲簡直是成群結隊，讓人忍無可忍。個頭小些的直接就從蚊帳的洞眼裡鑽進來，一群一群地往人身上撲，剛睡下的時候妹妹又被迫起來了一次，拉著電線把電燈拿到隔壁房間去了，總算是好了一些。於是，對面房間的燈光隱約透過紙門照過來，蚊帳這邊的房間則是一片昏暗。紙門上畫著的牽鹿仙人圖，看起來也像是那個帶著黑狗的婆婆。……啊，這棟房子的西北角，劈劈啪啪地著起火來，三條性命消失在了倒塌燃燒著的房梁下。一想到這些，夕陽的顏色也好，老婆婆臉上的皺紋也好，蚊帳上的破洞也好，都不禁讓我感到窒息，彷彿我們是躺在漆黑一片的沼澤底下。

「『啊，這真有些不同尋常。』

「從小時候起到現在，將近三十年間，兩女的身姿一直在我周圍顯現，影響著我的認知。不管結果是好是壞，這既是一種境遇，也是生活賜予我的轉機之一，至今為止從未有過例外。總之對於渺小的我來說，每次與她們相處，都標誌著劃下人生一個時期的句點，是非常重要的經歷。

「『這真的不同尋常。』

「我從自己的身體裡脫離了出來……被命運的剪影所誘惑，來到這不可思議的所在——許就要在這裡過完一生。也許馬上就會死去也說不定。

「枕頭也好，頭髮也好，都變成了剪影，悶熱似乎也離我遠去。姐姐白皙的腳踝從打理整齊的浴衣下擺伸出來，在忽明忽暗的燈影中分外清晰。她白皙的手指在草席上輕輕劃著，眼神有些故作輕鬆的味道。我又想起了那朵白蓮花。

「抓得這麼緊，是想打探未來呢，還是想聊聊前世呢？

「她就睡在我身旁。妹妹睡在對面低一個臺階的地鋪上。

「……三分鐘……五分鐘……

「紅蓮花緩緩綻放，一片幽暗中看去，浮在空中的手像是在夢中撲蝶一樣，似乎是在對我招手。

「『來抱著我吧，是想問未來呢，還是想知道前世呢？』

「有人邀請的話，那就容易得多了。

「我撚熄了手中的菸捲。就在這時，伴著劈劈啪啪的響聲，大蚊帳上的補丁變作了成百上千的眼睛。蚊帳的破洞，全都變成了人的眼睛。這大概是很難讓人理解的場面吧……就像有數百人隱身於黑暗中，只露出眼睛盯著我看。睜眼，眨眼，轉動眼球……真是荒誕至極。睜眼，眨眼，轉動眼球……一個兩個都像活物似的，在黑暗中窺視著。除了頭頂黑暗的天花板之外，蚊帳四面八方都是眼睛。

「一瞬間，我毛骨悚然。不，毛骨悚然根本不足以形容。我仰面朝天躺著，雙手交疊緊緊按在胸前，閉上雙眼，想要讓自己鎮定下來。

「三分鐘……五分鐘……十分鐘……

「妖魔鬼怪應該已經走了吧，我突如其來地睜開眼，眼前的鹿和仙人，就像黑狗和老婆婆。因為大家都是頭朝海的方向睡下的，隔壁的紙門和我們睡著的地鋪腳邊的儲物櫃之間，還有一處後門的樓梯，只能容一個人過。二樓寬敞的走廊，雖然兩邊都有出入口，卻不知為何從黃昏起就顯得陰暗沉寂。這會兒，那後門狹窄的樓梯口處正映出一個人影，有一位膚色白皙的女性站在那裡。我並沒有特別吃驚；那應該是圓髻的姐姐。沒過多久銀杏葉髮髻的妹妹也出了房間，然後兩人同時彎下了腰，應該是在取鞋子吧。跟小時候看見的一模一樣。我猜她們大概是直接穿過了蚊帳和擋雨門，之後就要飛向海面上方的天空中去了吧。在我看來，這兩人只要需要，就連從床柱裡變出油燈來這種事，對她們來說都是毫無難度的……」

「哈哈。」筆者不由得抱緊了胳膊，繼續聽下去。

《 6 》

「但那女子只是獨自一人，繫著淺青色腰帶的和服身姿在黑夜中若隱若現，一眼望去如同蘆葦葉一般。感覺只要伸直脊背就能夠到了。我搖搖晃晃地爬起身來，把臉湊到蚊帳上，像是扶著蚊帳一般緊緊貼著。啊，它們在看著……滿屋子的眼睛都聚到了一處，目光炯炯有如燃燒的大蛇……再然後，眨眼之間，眼睛沒有了，鼻子沒有了，在一片油水光滑的黑發間，冒出的是野篦坊[62]般的白板臉——」

「……」筆者屏息靜聲地聽著。

「我按捺下喉嚨裡像是慘叫般的嗚嗚聲。這時候，兩女的性命都要靠我來保護呢……我一下子跳起來，有了拼死的覺悟，扯開蚊帳衝了出去。這時，那個女人已經從樓梯口往下走了，像是被我的氣勢壓迫一般，以逃跑的姿態飄忽地後退著，而我卻像著了迷一樣，想要伸手去抓她。眼看著我的手就要碰到她的前襟了，但也不知道是不是抓得太早，那女人突然以一種言語難以形容的姿勢，往上浮起了三、四尺，停在了空中。雙腳像是綻放的白百合一般，微微地顫抖著，她居然是光著腳的。藍色、淺蔥色和朱鷺色，鹿子染、絞染和紫色的匹田染，身上所有的腰帶都結成一束，如同夜晚的彩虹一般，包住胸部以下的整個腰間，垂下的尾部跟衣衫下擺纏繞在一起，一直拖到因為震驚而跪坐在地的我肩上。她那如雪一般的兩腕交疊在一起，寬腰帶的結紐垂落在欄杆旁邊，和緋色的鹿子染布料交纏

62. 無臉妖怪的一種。

在一起。她像是努力不想讓我看見臉一般，仰起頭將臉轉到一邊去，那因為扭頭而伸長的雪白脖頸，看著都讓人覺得心痛。我的視線順著蒼白的臉頰一直往下，一直看到被藏在陰影裡的咽喉部分。她的身體因為無處憑依，越是掙扎扭動，原本就絞在一起的圍腰裙就越發亂成一團。這光景令我覺得既美麗，又淒涼，又可憐……不禁替她拿來了踏腳凳。一眼看去像野篦坊一樣沒有五官，是因為她用白色手巾遮住了大半張臉。」

俊之君的語速越來越快。他輕歎了口氣，接著說：「到了這個份上，不管是別人家的妻妾還是小姐，我不出手已經是不可能了。

「我打橫抱起這美麗的野獸，讓她坐到我膝上，壓低聲音說：『你要做什麼？』「她的膝蓋被腰帶纏住了。但如果說是要上吊，還把臉遮住也未免太奇怪了。只是一時興起，無論如何也不想讓人看見臉嗎？不，不是這樣的。她並沒有想要求死的意思。她見了我就逃跑，也就是說蒙面並不是為了不讓別人看見臉，只是為了偷窺蚊帳裡邊——這就更令人費解了。」

《7》

「事情的真相，您應該也已經大致猜到了吧。那就是由紀小姐。

「雖然有些難以啟齒，但沒錯，剛剛跟您的家眷一同前往澡堂的女子就是她。「接下來……那時我和由紀小姐之間的交談，因為中間還混著女性用語什麼的，轉述起來也挺麻煩的，就由我大概總結一下吧……由紀似乎覺得，人的血肉也像潮汐般有漲有退，在守著這個沼澤裡的舊家的漫長歲月中，感覺連日月都像逐漸變得無光了。……村裡的流言、地方上的惡言惡語，都讓她心力交瘁。從很久以前開始，她坐在神棚或者佛壇前參拜時，只要像這樣一俯身……就會隱約看見格子花紋的衣衫和自己的腿，像是微微飄起來一般地浮現在眼前。這樣的經歷每天重複，一次比一次更加清楚。沒有鏡子也能看見自己的臉浮在空中，到底對面的是影子，還是自己本身就是影子呢？她的心情漸漸變得無比不安，卻又無人可以傾訴。碎白花的衣服還好些，要是穿上方格花紋的衣服，那影子就格外清晰，最終變成了完完整整的人形。但只在向神明行禮時，影子才會出現，其他時候什麼也沒有。

「然而當天，據說當我們抵達土橋的時候，她就已經看見了，但並沒有特別加以留意。黃昏時刻，三人出去觀景時，她倚在走廊的柱子上，隔著藤條涼棚看著我們走遠，感覺像是我被兩位女子帶走了，目的地不是山上，而是穿過沼澤走向海邊一樣，不由得有種『這群人一去就不會再回來了』的感覺。雖然我們平安無事地爬過山回來了，但妹妹去看望遠鏡、我坐在茶攤邊的樣子，她似乎就算待在廚房裡都能看得清清楚楚。而且像黑狗一樣的婆婆饒舌地講著自己家事的聲音，似乎也近在耳邊。……由紀因此感到十分羞恥，都沒敢過來替我們重新整理床鋪。睡得不好，並不完全是蚊帳太糟糕的關係——她說。隨著夜色漸深，我們的一舉一動她也看得清清楚楚……

「大概是我們三人已經小睡片刻、我第一次醒來的時候吧，也就是妹妹起身將電燈拿到隔壁房間去的時候。『蟲子還真多啊。』姐姐一邊躺著一邊懶洋洋地扇著團扇。跳蚤和蚊子雙管齊下……我身上也到處都在發癢，最後終於忍不下去了，衝出蚊帳跑向隔壁亮著燈的房間，還卷起兩邊袖子用力撓著。我剛一腳跨進屋子裡，就看見了奇怪的東西。

『它』從頭到腳都是吹彈可破的白色肌膚，像是塗著油一般晶亮，似乎是為了趕跳蚤正在脫衣服……『它』大大方方地站在電燈下面，哈哈地笑了起來。『撓的話會受傷的哦……夏蟲先生。』『不，沒事，打攪了。』我趕緊躲到紙門的陰影裡，蜷縮在為了鋪床推到那邊的桌子前。『可惜，藥已經……』姐姐說。『我幫你噴點香水吧？可以止癢的。』『它』說，然後就以那個樣子走了過來。『反正您也已經看到啦，天氣太熱了。嘻嘻嘻。』『它』一邊說，一邊從櫃子裡取出一個小瓶子，然後湊過來挨在我身邊，胸脯都貼了上來。『這個，塗在這裡，這裡，還有這裡。』『它』把瓶口依次貼在我身上被蚊蟲咬出的包上。

「啊，當時真是尷尬得要死了……由紀雖然是獨自一人端坐在佛堂裡，閉著眼睛低頭不語，但發生在二樓黑暗中的這一切，她其實都透過那雙眼睛看得清清楚楚。雖然年紀已經不小了，她可還是處女。我完全不知該怎麼辦才好，只能到處躲來躲去，總之躲到『它』搆不到的地方，牆壁的陰影裡，柱子旁邊，用袖子遮住臉——遇到奇怪東西的時候，別人不是都說要這麼做嘛。

「我用手一擦臉上的冷汗，發現除了汗還有血跡。這下子，我只好先把腰帶和頭髮都亂成一團、膝蓋被緊緊纏住的由紀抱進空屋。我正要鬆手時，她卻說：『腿上的結自己解不開了。』一邊低頭望著我。我一邊暗自詛咒著『這些沒完沒了的混蛋蚊子』，一邊伸手又擦了擦臉，汗液混著鮮血「啪嗒」一聲落在地上。

「我終於稍微冷靜下來，開始感到強烈的羞恥感。但我還得回去向那對姊妹——普通的藝妓、普通的女人們——事情經過才行。想必您應該也能諒解我的做法。

「身上的瘙癢似乎的確被香水帶走了，但天氣實在是熱得令人窒息，我把防雨拉門又多開了一扇。『哦哦，這下涼快多了。』『咕隆咕隆咕隆……哢噠。』遠處貨車的聲音劃破夜晚的寂靜，之後紙門一響，妹妹也趁勢來到了走廊上，潔白的身體像是從蚊帳的黑雲裡鑽出來一樣，輕巧地站在坐在籐椅上乘涼的我身後。不知為何，開門的聲音顯得特別響，那一瞬感覺就像獨輪車化身的妖怪從身後經過似的，有種鬼魅森森的感覺。

「姐姐懶洋洋的聲音從身後傳來：『啊啊，我已經很睏了……睡覺啦，已經不早了。』『說得沒錯。』夜已經很深了。兩女的聲音也像是美麗的鬼怪禽鳥在低聲交談一樣。『啊，貓頭鷹在叫呢。』我只聽到一聲梟鳴遠遠地傳來，從那座之前爬過的山上、松樹附近的地方。

「由紀說，聽見那聲梟鳴、還有貨車的動靜時，她曾想到說，乾脆搭上那輛車，離開這個村子算了。但她馬上就意識到，如果現在踏出這個門檻，肯定會忍不住自我了斷的……這也太可怕了。由紀似乎對這世間尚有迷戀，不願輕易就死。說真的，在這種時分出門，肯定是被妖魔鬼怪附了身的。

「我們也很吃驚。這裡的山岬也好，島嶼也好，沼澤也好，山峰也好，上面的松樹也好，每個號稱有幾分景色的地方，都給人一種被妖怪佔領了的感覺。『也不知道是天狗大人啊，還是鬼怪之流啦，總之和我們不是同一路的，還是回旅館待著吧，感覺好可怕啊。』」銀杏葉髮髻的妹妹在我膝邊換了個姿勢，向後靠了靠說道。

「由紀當然也清楚得很。

「自那之後，我睡得就不是很舒服，直到之前提到的我第二次醒來，中間隔了大概不到一個小時。由紀從樓下都看得清清楚楚，或者不如說因為看得太清楚了，由紀開始恐懼起來，覺得自己該不是已經發瘋了吧？或者說這一切都只是她看見的幻覺，大蚊帳裡的情況其實根本就是另外一回事。若是那樣的話，就只是看見幻覺而已，離發瘋的程度還差得遠。但要想確認到底是哪種情況的話，就只能自己親自再到二樓來一趟。她雖然堅定地緊閉著眼……但究竟有心病，其實說不定已經微微睜開眼了。最後，她還是爬起來整理儀容，為了讓自己看起來不要太丟臉，翻箱倒櫃地找出和服換上，又拿手巾遮住臉，才來到二樓。但就那幾級臺階，她雖然閉著眼睛也能走上來，卻因為心裡思潮翻湧，又猶豫不決地上上下下了兩三回……也用手試探了好幾次，看疊成三層的手巾是否好好地蒙在臉上……終於到了要偷窺蚊帳裡的時候，卻不巧從那陰森森的山岬上吹來一陣風。也不知道是被風吹的，還是自己心神一亂，總之她摔倒了。當時她為了不弄亂妝容，結果飾帶纏到了膝蓋上，也就這麼纏著往蚊帳這邊靠近。但樓梯離蚊帳雖然沒有幾步路，像這個樣子也是沒法悄無聲息地走過來……她把腰帶繫在高處，然後伸手緊緊抓著，就像道成寺裡的那位一樣，搖搖晃晃地吊起身子，踮著腳尖偷偷朝蚊帳裡看。被我發現追出來之後，驚惶逃跑之時，她順手一拉那原本用來支撐身子的腰帶，卻沒能扯鬆下來，反倒是自己被從腰間吊到了空中。

「太淒慘了……這結尾太糟糕了……這下子，由紀已經快要活不下去了。『即使如此，您……』（這裡她終於第一次轉過臉看著我）她看了看我的臉和抱著她的手。『它是來要我的命的。』她說，不知所措地再次轉開了臉。我看著她那兩手被捆得結結實實、比嘴裡塞了東西還楚楚可憐的樣子，不由得說：『不用擔心，我會當作什麼也沒看到的。』

我一邊說著，一邊幫她把面罩往上提了兩下。

「『不管您是真的想安慰我，還是隨口那麼一說……這種話是多麼荒謬又不祥啊。』

她取下了臉上的手巾。

「『哎呀，那兩位……』她俯下身，這次真正地閉上了眼睛。『那兩位，她們——』由紀似乎很害怕。從二樓的走廊端口，圓髻和銀杏葉髮髻的身影清晰地浮現出來，面頰白皙，雙眼明亮，兩人一路並肩走來。看見我抱著由紀蹲在地上時，銀杏葉髮髻的妹妹莞爾一笑，圓髻的姐姐點了點頭，然後低垂下眼簾。隨後，兩人的身影突然消失，只剩衣衫像白天那樣在風中飛舞，「嗖」的一聲從我們肩頭飄過，往樓梯下飛去，飛去。隨後，下面傳來咚咚咚的輕響。

「兩人的這種姿態，總是一旦完事，就突然不知道消失到哪裡去的。但不用說，之後去看，姐姐也好，妹妹也好，當然是都在蚊帳裡睡得正香的。

「比較難以理解的是，再次回到東京之後，我雖然也還時常能夠見到，但總是要麼就只來一人，要麼就三人一起，姐姐和妹妹單獨出現或者離去的場合，那之後再也沒有過。

「再之後，我稍稍攢了些錢，上個月終於下定決心……是十月份吧，再次前往水戶屋。汽車過了杜戶、太崩海岸、秋谷之後，駛上了岔……記憶中的那朵紅蓮還在原地，和白蓮一起在廢田裡綻放，旁邊的田壟裡生長著沾了露水的秋草。過了那片區域之後，有位女子神色淡淡地站在那裡，像是鑲嵌在山邊的大石裡，又像是被頭頂的山體籠罩著一般。

「『哎呀，是水戶屋的大姐啊。』司機說。

「我趕快下了車。

「『客人老爺——』

「我明明沒有提前通知她，但她卻說知道今天我會來，所以特地出來迎接，甚至抓著我的手開始哭起來。這次，她就算是睜大那雙清澈的雙眼，也只能任露珠般的淚水流淌，而再也看不見我的臉了。

「由紀突如其來地生了眼病，眼睛看不見了。

「雖然她還沒有成家，但其他雜事都拜託給了家人，如今只需要專心療養而已。同路的這趟旅途中，還多有勞煩您照顧了。

「啊啊，她們看戲回來了……還麻煩您夫人牽著她。」

他望著走廊，眼裡浮上了淚花：「連頭髮和化妝都幫忙整理了……像這樣容姿端麗，楚楚動人……她一定很高興吧。」

說完這句，他像個孩子那樣握緊拳頭，閉上眼睛，眼淚終於流了下來。

雖然關於當年聽聞的腳步聲，以及「兩位女子」的故事，筆者並不覺得是什麼不可思議之事，或者神秘的奇蹟之類，不禁稍有遺憾。但當此情此景，我也不由得落下淚來。

——原刊於《女性》一九二五（大正14年）年1月號

遺稿

這篇無題小說，是在泉老師逝世後，夫人從書桌的抽屜深處翻出來的。至於本文是創作於何時、是否已經完結等諸多疑問，如今已經永遠無法得知。昭和十四年發表於中央公論七月號的《縷紅新草》，乃是先生生前所發表的最後一篇作品；據說老師為了完成該作已經是強忍病痛，在那之後也再沒能夠伏案寫作。那麼這篇無題的小說，想必應該是在《縷紅新草》之前執筆的。原稿是用鋼筆和墨水手寫於已略微朽舊的白紙上。紙質的古老程度可以追溯到大正六年鋼筆發明之前，應該只是隨手抽出使用而已；墨蹟的顏色尚新，證明本作應是近期所寫。主人公的名字「糸七」和《縷紅新草》裡的主人公一致，背景點綴中有紅蜻蜓出沒這點，也與《縷紅新草》相似。「總覺得不能再這麼怠惰下去，來年春天開始要好好工作了。」去年歲暮時，先生對我如是說。也許這篇無題小說，便是今年年初時執筆所作的吧。

雖然對雜誌社來說，刊載無題作品也有諸多不便，但由他人命題亦不合情理，雖然事出勉強，仍祈能夠原封不動地加以刊載。

（水上瀧太郎附記）

據說，伊豆修禪寺附近有一些刻著伊呂波歌四十七假名[63]的路標石碑，從寺院內殿開始沿著田壟、山腳一直延伸到村口，前後共計有一里多的距離。第一塊刻著「い」的石碑，印象中應該是位於寺廟的正面，在正對虎溪橋的石階旁邊……數著歌詞沿著石碑標出的道路往前走，過了「ろ」和「は」之後，在「に」字碑附近就有俗稱的「釣橋」，橋對面是一所小學校。然而，只要不從橋上走過而是在橋頭往右轉的話，就會繼續看到「ほ」字的石碑。雖然這些石碑乍一看無關緊要，但跟接下來的故事卻有幾分關係，因此便預先加以說明。

從溫泉到釣橋間的小路，從過半之處開始，路的右邊是小山的山腳，左邊是隔著一條小河的田地。而在過了橋之後，本來山腳是山腳、田地是田地的道路拐了個大彎。過了彎道之後，從能看見小小土橋的地方開始，土路變成了一條幽靜的參拜道，讓人走在上面，不禁生出自己離塵世越來越遠的感覺。除了當地所謂弘法大人的祭典，或者直接叫祭典的大型節日，又或是每月的忌日，平日裡這所內殿因為位於盤旋而上的山路頂端，幾乎沒什麼人前來拜訪。內殿就像個遺世獨立的得道高僧般佇立在山頂，俯視著零星散佈於盤山路上的石碑，雖然幾乎要被荒草埋沒了。

僅憑這點，內殿可謂是幽邃森嚴之所。沿著桂川旁的田間小路溯流而上，道路盡頭便有巨石怪岩聳立；那曾經是有千年樹齡的古木，如今早已從頭到腳化為巨岩。那些自視甚高、平日裡從不持齋修行的人，或是抱著祛病消災等功利之心才前來的人，架子十足地開車到此時，必然會為這連視線都被阻斷的巨岩吃驚不小。然而，旁邊小小的、帶有扶手的慈悲之橋卻繞過這天險，將來者引入靜謐平和的佛門境內。

當然，下車步行是必不可少的。

大殿位於樹木蔥蘢的森林中央，如同玉面獅子頭一樣坐落在青龍脊背般的石階之上。比起颯爽的松風，杉樹和檜木那清新的香氣反倒更明顯。建築背後巨大的青石壁上，一條水晶般的瀑布筆直落下，尊貴氣勢盡顯。

寺院內左邊有一座庵室，上面的紙門正關著……只是，這庵看上去像是無人打理，

63. 伊呂波歌：使用全部假名不重複作成的七五調詩歌。其歌詞假名有時也被當成排序標準使用。

走廊卻架得很高，盡頭處掛著兩幅三寶[64]圖，其中一幅下面擺著一本橫綴的帳冊，另一幅下面供著奉獻的米袋，裡面的米撒了些許出來。走廊正中央擺著硯箱，上面供著紅包，還貼著朱筆寫的字條。那大概是根據俗名、戒名、過去經曆和志願目的的不同，分門別類記載僧人姓氏法號之類的冊子吧。

「護身符，謝謝。」

護身符可以從供著米袋的那張三寶圖那裡拿取，雖然覺得要不要都無所謂，但既然已經來了……對年初參拜的客人來說，露天舉行儀式的地方實在太冷，外套一脫就恨不得不停打噴嚏，但屋子裡的高僧們卻烤著暖洋洋的火爐……這時候領取漆繪的護身符，怎麼都覺得有點不合時宜。糸七夫婦兩人，是與另外一位年輕的姑娘一起來參拜的。不過，那姑娘說是年輕，也已經過了三十吧。她是妻子的遠房侄女，仔細算起來的話，是女兒夫家的公公的叔母的表弟的兒子的……這麼算下來雖然麻煩，但跟女兒是同輩姊妹的關係，因此也算是夫家的侄女兒吧。一想到要如實描述就變得沒完沒了了。

總之，那姑娘因為還算年輕，長外套也還帶著點鮮豔的紅色，衣服下擺一亂，她就像是被走廊高低不平的地方鉤住了草鞋般踮起腳：「非常對不起。」

兩人都沒應聲。姑娘雖然略顯豐滿，心思卻靈巧得很，走過三寶圖之後似乎看了看另兩人的臉色，就搶先伸手推開了面前的紙門。

眼前的山林一片青翠欲滴，那顏色似乎都要染到前來參拜之人的衣袖上了。他們面前的後院裡陽光明媚，走廊上拉開的紙門牆邊，原本以為不在的老僧正穿著樸素的衣袍坐在小茶几前，不知道是在臨摹還是在寫著什麼。

「非常對不起，我擅自拿了護身符。」黑髮素顏的妻子彎下腰。對這樣的妻子，老僧眉頭都沒有皺一下，在眼鏡片後的眼角邊，重重的皺紋微微伸展開來。

「啊，護身符呢，請隨意拿取沒有關係的。」他的膝蓋、腦袋和聲音都一樣圓潤。

「好的。」她站起身來，將護身符揣進了衣襟裡。但看著老僧置身於桌邊一圈陽光裡，周圍雖然都是人跡渺然的山林，不知怎的卻給人一種心不在焉的感覺。

64. 三寶：佛教術語，指佛、法、僧。

「那個，您……」喂，在這種地方，對方可能就是弘法大師的化身啊，這種隨便的語氣是怎麼回事？「您一個人嗎？」

「嗯，我是看門的隱居老頭嘛。」

「就一個人住在這裡？」

「正是。」

「一定很寂寞吧，一個人住在這種地方。」

「不會啊，前段時間還有猴子到內殿來呢，不過最近都沒有看見了。天氣好的時候，有兩隻野雀會到這個後院來玩，那也是我的朋友啊。就在那裡。」他閒適地往院子裡有陽光的方向偏了偏頭：「現在也在喲，就在石頭腳下的木瓜叢裡。這樣我也不會覺得孤單啦。」

「……哈。」姑娘微微弓了弓腰，妻子若有所思地歎了口氣。

在回程的路上過橋時，她們卻又提起這件事：「跟山雀做朋友什麼的，還真是灑脫呢。」

「還真是灑脫呢。」這算什麼啊，所以說這些罪孽深重的女人們啊，就算來到佛門聖地，聽到妙法禪音，也是無論如何都悟不了道的啊。

別說悟道了，回到旅館之後，三人坐在晚飯桌前，姑娘喝上兩三杯之後，臉就紅得像木瓜一樣了，一邊按著臉頰一邊說：「山雀的老公，不知道是不是好男人呢？」別說做尼姑了，冥頑不靈到這種程度，真的是世間少有啊。

「陽光正好的日子，大和尚和他的朋友們倒是自得其樂，洋傘就只能關傘大吉啦。」她還說。

雖然這次出門是在春末時分，但各地似乎已經先後進入了梅雨季節，有時稍不注意，潔白的雲彩中便混進了墨色，隨後大雨便傾盆而下，因此汽車裡總是常備兩把洋傘。這次到內殿參拜時，旅館掌櫃更是自來熟地談笑道：「若是緣日[65]的話，山下會有賣糖的呢……嘻嘻，各位也多買點土產回去吧。」同時塞了兩把嶄新的傘到車子裡。

65. 即是與神佛有緣之日。在該日參拜的話，一般上相信會靈驗。

雖然說來有些奢侈，但的確是想著如此暖和的天氣，閒暇時光中來一場雨也不壞。附近農家的後院裡，緋紅的牡丹開成一片，香氣從明黃色的花蕊間款款飄出，引來飛舞的蝴蝶，那羽翅輕展的曼妙姿態，讓人想起在佛前參拜的白皙素手。遠方的竹林包裹著幽靜的小小茅舍，再遠處的山麓上開滿了映山紅，在豔陽之下猶如密教的護摩焚禮[66]一般。走在參拜道上時便在想，若是在這片牡丹叢中，撐著洋傘佇立或徜徉，一路穿過那片竹林，該是何等的妙事啊。

河堤邊長滿了田芹和款冬，蒲公英也還開得正盛，夢幻般的白色小傘被汽車經過的氣流吹起，隨著車輪一路飛馳。如今這些長於道旁的菜蔬，則被放在筐籮裡洗過，擺在走廊附近眾人圍坐的晚飯桌上。

關傘大吉嗎？有意思。

沒法悟道成為尼姑，估計是因為已經超越了女人的範疇吧。糸七望著欄杆外的驟雨敲打著桂川的水面，賭氣般地說：「有意思，那就別讓洋傘閒著沒事幹吧。」

司機似乎也是旅館的熟人，於是在櫃檯逗留了片刻。

「剛剛拿的，兩把新傘……還給您。」

「啊哈哈哈，玩得開心就好……」掌櫃左右逢源地招呼著，把看著還很新的洋傘立在了司機的身邊。

不久之後，那傘就綻放在了尚未完全黑透的雨夜中。女子們手牽著手，糸七一人獨自佇立在那塊水田前，遙望著土橋從蘿蔔田裡延伸出去，一直通向寺院參拜道——從之前提到的釣橋開始，一直到鷹嘴般上翹的山前，如同一條深谷探進寺院所在的山林深處去。這條路俗稱「三方」，又因為是通往信仰之地的必經之路，因此又被稱為「三寶道」。

雖然，車輛的引擎聲已經止歇，但從頭頂突出的懸崖上，還是不時傳來呼哧呼哧的貓頭鷹叫聲，像是隱居僧侶的呼吸一般。女眷們聽到這種響動，都不願再往光線昏暗的地方走。剛離開旅館時，車原本是開向溫泉街夜市的柔和燈火，還有土路盡頭附近的停車場那霧濛濛的燈光。但驟雨一停，糸七就要求往相反方向去。於是，車子便沿著光景淒清的

---

66. 護摩，梵語 homa，為火祭、焚燒之意，即投供物於火中的火祭祀法。

伊呂波歌石碑小路，一直開了下去。

若是往裡走一段、再轉往土橋方向的話，就得再多繞不少田間小道，車子才能開得回去。

眾人在三寶道上下了車。

「哎呀，幹麼來這種地方。」

「為了讓雨傘跟情人會面啊。」

「情人？雨傘的嗎？」

「是青蛙啦，這邊不是叫得很歡暢嗎？」

「這樣啊，真是好興致。」

看吧看吧，因為不愛聽興致這詞，這會兒就把傘當道具來用了。而且說到佇立雨中的姿態吧，雖然後面的山崖上沒有柳樹，但若說是小野道風[67]之流一時興起的惡作劇練筆的話，沒準還真能有點說頭……果然還是不行……一想到就覺得心情不快。

小時候的糸七很奇怪，所見所聞只要跟青蛙有關，都打心底覺得喜歡。他曾經聽小學時候的朋友（人家現在已經是貴族院議員、外加有名的豪商了）這麼說：他家裡的武士居所，後院的蓮池裡能釣到青蛙，釣上來的青蛙眼睛和肚子都一鼓一鼓的。糸七這在雪國城下平民區長大的孩子，除了到神社去的時候，連蜻蜓都沒見過幾隻，卻對琉璃般流光溢彩的丁斑魚、珊瑚般紅豔的錦鯉和五色斑斕的金魚都不感興趣，只因為能釣到青蛙就把那蓮池當作蓬萊仙境一般。而在他的想像中，釣青蛙的那位朋友大概穿著寶貝蓑衣，撒下的也是白銀的釣線吧。

雖然糸七曾經上過學，最後也還是半途而廢。雙親相繼去世之後，他就從東京返回老家，迷惘地陷入日常生活中，一直到現在——

「啊，叫得真精神呢。」

在糸七小時候所住的城下，水流平緩的大河邊，有一條長滿松樹的小巷，只有一面蓋著房子。沿著小巷走進去，穿過成片已無人居住的舊宅之後，有一片被廢棄的水田。那

67. 小野道風，平安時代貴族、能書家。

片田地的名字雖然不清楚，但那條巷子被叫做鬱巷。至於是因為原來這裡有人家叫小鬱呢，還是因為樹木鬱鬱蔥蔥，且白天也人跡罕至呢，就無從得知了。雖然看字面不像是女孩子的名字，但也有傳說，曾經有叫這個名字的美婦就是在這裡自殺的。時至今日，有時夜裡都能看見她提著燈籠在四處遊蕩。而且一到夜晚，這水田邊的螢火蟲也意外地多。

當然，因為有提燈女鬼的傳說，沒什麼人會為了看螢火蟲就特地跑過去，至於專程去聽青蛙叫的，當然就更稀罕了。在梅雨季節伸手不見五指的陰沉夜晚，對於腹中空空的少年糸七來說，夜市的燈火太過繁華令人目眩，瘦弱的腿腳也不願往那方向前進，只在此處斜靠著樹幹面牆站立，凝視著暗夜中的水田。此處甚至原本都不是田地，其證據便是水田中央留下的殘垣斷壁。少年聽著喜歡的青蛙浮上水面呱呱地叫著，面前看不見的菖蒲、杜若、蓬萍和溲疏花也像收到邀請般翩翩起舞。

就是在這裡。

「叫得真精神呢。」

說到這份上，哪怕是世間的詩人，也沒什麼其他的好添加了吧。但令人難以置信的是，她幾乎立刻就回頭說道：

「嗯，胃口一定也很好。」

平常想必吃得不少呢——不過還真是不好意思啊，喜多八害臊地說。這邏輯，簡直跟彌次郎兵衛在三嶋的旅館被扒手摸走了腰間的錢包後，不吃不喝拄著竹拐杖晃晃悠悠地沿著海邊道路艱難走來時，見到步履如飛的人，不禁感到羨慕不已一樣。本想用《膝栗毛》的橋段繼續充愣，雖然實在有些不好意思，但這種場合下，果然繪卷或是哲理科學之類的橫排版書，完全不夠看啊。

在這個如果不給錢、賣白薯的大媽就連生白薯的碎片都不讓看一眼的世道下，相比之下，還是那些不懂人情世故的妖魔鬼怪顯得更可靠幾分。別說不知道姑獲鳥[68]為何物了，就算知道，比起嬰兒來，糸七倒是更想要糯米年糕。而且就算他現在已經餓得快站不住腳了，因為看多了《阪田金平武勇傳》[69]，裡邊的劍術也學了個七七八八。總之，糸

68. 死去產婦的執念所化的妖怪，會抱走人家的孩子，懷抱裡嬰兒的哭聲就化成了姑獲鳥的叫聲。

69. 淨琉璃曲目。

七對那處水田裡所謂的提燈幽靈，並沒有什麼恐懼感。

說起來這也算奇遇吧。過了大約十年之後，糸七也在東京置辦下了一份小小家業，能賺上幾個錢了，就似乎在某篇雜誌的專訪中提到過這件事。他有一群雖然比他年輕些許、但交情不淺的朋友，其中有一個本名藝名都叫谷活東的人。

將此人的生平簡單道來的話，他是向島區小梅町業平橋邊的大少爺，但卻整日沉迷於俳句三昧，在牛込山吹町的長屋裡租了間房，整日將自己反鎖在屋內，別說挑燈夜戰了，就連身體都快到了油盡燈枯的地步。

古往今來，這等男人身上必定有一段不祥的戀情。本來若只是與誰相戀的話，也沒人有立場橫加插手，但他在三社祭典上一見鍾情的是柳橋藝妓，還為她推去了先前定下親事的姑娘。

雖然在世間風評中，這位男子是個「黃昏男」，既無容貌又無事業，生活也是沒日沒夜顛三倒四，只是渾渾噩噩地混著日子，但怎麼說也是江戶兒女，氣概胸襟該有的也不缺，於是便兩手空空地拜訪了柳橋的妓館樓下的宿舍。那位藝妓的名字叫做小玉。

雖不清楚是巧借還是強奪而來，但總是你情我願吧——即便是外邊下著纖細如絲的春雨，他也不著裡衣而是直接披上夾衣，一邊嘴裡抱怨著什麼，一邊聽著傘面上大珠小珠落玉盤的響動，這真是不論晴雨都能向朋友們炫耀的風雅之事。若是恰逢期待的雨天，則光是長屋附近的荷塘和水車之類還不夠烘托出氣氛，他必是要到老舊的街道上走一走，穿過清水穀，到裝飾著蔥花形寶珠的弁慶橋邊，任垂落的柳條拂到胸口，然後再小小吃上一驚……啊，好想見面。好想見到她。

小玉、小玉、小玉……

這附近一帶的蛙鳴，據說聽起來都像在呼喚這個名字一般[70]。但在糸七出生的遙遠雪國，那條有幽靈提著燈籠徘徊的小鬱巷，跟這個當然沒有任何關係。若真有關係，那還真是因蛙鳴而引發的一場奇遇了。由字詞言語構成的野花野草，其傳粉途徑不僅限於蟲類飛鳥的翅膀和口舌，其種子跨越大地、飛越長空，不知何時便會生根發芽、開花結果——

70.「小玉」的日文發音「こたまだ」跟青蛙叫聲相似。

雖然這些無本無根的花草，就算結不出果實，光以清幽的葉片裝點出如夢似幻的光景，就要花掉不少時間了。

說白了，活東那柄柳橋邊的洋傘被記入隨筆的時刻，距離系七在小巒巷傾聽蛙鳴之時，已經過去三十年左右了。但那些無形無色的語言種子，卻像是潛藏在心中某處一般，無須翅膀和喙作為傳播媒介，就散落在小桌邊、硯臺旁等等各處，只是悄無聲息地被人遺忘了。

後來又過了十四、五年，眾人走在修禪寺內院的三寶道上，傾聽著蛙鳴時，那些種子突然間就從回憶中浮現了出來。

在人心中開放的小花，還真是彌久不衰啊……

啊，真是如此呢……但這些就算跟身邊的女眷們講，她們也不會明白吧。

「……總之先把這傘轉一轉試試看吧？」系七就是站在雨中時，突然說起了柳橋藝妓的事情：「就像先前說過的活東在弁慶橋做過的那樣。」

「還是不要了吧。」妻子出聲阻止。三人並肩站在田邊，侄女站在夫婦二人中間。

天色已晚，連妻子的臉都已經看不清了。

「但是，好奇怪呢，這麼說起來……怎麼說來著，那故事裡青蛙的叫聲，聽起來就像在呼喚戀慕的女子『小玉、小玉』一樣。原來真的不是亂講啊。嬸嬸你聽，的確有像『小玉』一樣的叫聲呢，而且還很響亮呢，對吧，嬸嬸？」

「真的呢，我就說覺得有哪裡不對勁，還以為是錯覺呢。要說是錯覺的話，阿新你覺不覺得，那邊一起叫的聲音，很像在叫『活東』？『呱——咚、呱——咚』像這樣，大家一起……」

「嗯嗯，的確很像呢。『活東』……嗎？這麼說來，的確很有趣啊。」

糸七平常不怎麼接妻子的話，這下子像是興致突然上來了，拿出當年在小鬱巷聽著蛙鳴、連肚子餓都忘了的勁頭。正準備蹲在田邊一直聽下去的時候，那司機借來、掛在肩後的帽子卻撞在了傘上。他似乎嚇了一跳。

「啊，這還真是不好意思。」

就因為知道這樣，司機從一開始……因為肩負著帶路的任務，而且為了替女眷們驅趕頭頂的夜梟，明明下著雨他還特地下車來，抱著雙臂靠在車子上，從頭到腳都穿得一身黑，簡直就像推理小說裡走夜路之人的插畫般佇立在那裡。於是，女眷們只好跟清幽的田間夜景說再見，然後向車子的方向靠攏過來。

「真是對不起，熊澤先生。」侄女代系七向就連名字都很可靠的司機先生道歉。

「喂，『小玉、小玉』，『活東、活東』……聽起來確實像嬸嬸說的那樣呢。」

「就算是青蛙們，也遲早會覺得『這對精力充沛的情侶叫得還真響』，於是也趁勢而鳴了吧。雖然有流星如雨的說法，不過伴著蛙鳴聽雨聲，總覺得像是花瓣凋落的聲音呢。」

若是有月光的話，白天看見的長在田壟裡的牡丹，想必從這裡也能看到花影吧。

「夫君。」

「……」

妻子用略顯微妙的聲音說：「有燈籠飄過來呢，從對面過來的。」

「應該是有人經過吧。」

「都這個時候了，應該是鄉下的本地人吧？」侄女說道。

妻子沒有回話。從大概可以算是溫泉村入口的地方……現在已經過了釣橋的地界，一盞燈籠漂浮在離地二、三尺的空中，一直向這邊飄過來。雖然系七先前就看到了，但總不好光跟女眷們說。就算真像侄女說的那樣，鑑於還是初來乍到，若是不先跟比較瞭解情況的司機打聽一下的話，沒準真會像眼前突然出現肚子裡燃著鬼火的夜梟一樣，嚇得魂魄出竅也說不定。那盞燈火看上去圓滾滾的，而且大得有點奇怪。掛在店鋪門口的燈籠長什麼樣子想必大家都知道，那盞燈看去大概就是那般形狀，但這種時刻在田邊出現，光這麼形容顯然還不夠詭異。真要打比方的話，就像把撐在頭上遮雨的洋傘「唦嚓」收到半開的程度，然後再把傘面吹脹起來的樣子。這麼說大概就差不多了。

也不知是因為樹影、暗雲還是朦朧雨簾的關係，眾人只見一盞燈籠浮在空中，提著燈籠的人卻連個影子也看不見。

隨著火光「唰啦唰啦」地移動，濕潤的燈籠就像上了一層薄油般，有一種潔白瑩潤的光澤。雨滴落下來，在燈籠上彈開，變成細小的水珠四下飛濺。在燈籠火光的映照下，那樣子彷彿又形成一層更大的光圈，籠罩在燈籠的四周，包裹著那層濕潤的外殼。燈籠就這樣晃也不晃地一路飄來。

再一看，那燈籠不僅模樣華麗，而且還大到像是能把一整個人變成影子吸進去的寶器，眾人不禁都嚥了下口水。

「這裡水田裡迷迷濛濛的，看不清楚。若是有那盞燈的話，就能看清楚青蛙的模樣了，有純色的，有斑點的，可能還有紅色的呢。」

司機也靠了過來。這時汽車就像一頭沉睡中的巨牛般，原本以為它會將燈影擋住，結果燈光「唰」的一下縮小了，變成了普通手提燈籠的大小。在這種偏僻的鄉下地方，模仿汽車的老狸反倒被汽車撞死的傳說不計其數。這就是科學消滅妖怪的體現吧。但仔細一想，大概只不過是持燈人耍了什麼把戲，讓燈顯得特別大，在成功地讓人大吃一驚之後撤掉機關，恢復了燈籠本來的面目吧。

「南無觀世音……」

聽啊，人家在念佛呢。來者似乎是村裡的人，比起鳴叫不止的青蛙們，更像是慢吞吞的甲魚，穿著綴滿水珠的蓑衣——說是蓑衣，但他頭上戴的似乎不是斗笠，而是不知是舊帽子還是擦手巾的黑糊糊的東西，把腦袋包得嚴嚴實實，連眼睛鼻子都看不清楚。帽子雖然看不出有水漬，但大概是因為實在太舊，整體的形狀都變得軟塌塌的，像是濕透了一樣。山路很窄，那人像是要避過身邊的兩位女性一般，吃驚地向後退了一小步，重新穩了穩手裡的提燈。

本以為那人會這樣連腳步都聽不見地靜靜路過，但他卻突然貼了過來，隔著司機的肩膀把燈籠舉到糸七的面前。

火光照亮他臉龐的一瞬間，一雙青蛙般的眼睛一閃而過。片刻之後，他就將燈收了回來，這次又舉到了對面侄女的面前。

就在這時，他詠唱道——

「南無觀世音。」

然後又重複了一次。

「南無觀世音……」

近在耳邊的話音讓姑娘不由得低下頭，劉海遮住了臉。洗澡後上過妝的白皙容顏上浮現出了一道淡淡的紅色——那似乎是提燈上的紅色花紋，因為湊得不能再近了，被火光映到了她的臉上……事後問了她才得知，那不是花紋，而是用紅筆寫的日文假名「晚上好」。

雖然對方口齒清晰地在說話，但對於這種無言的打招呼方式，誰也沒辦法開口回禮。但隨著他連呼菩薩的稱號，侄女和糸七都相繼雙掌合十行了禮。

「南無觀世音……」路人又重複了一遍。手裡的提燈隱沒在蓑衣之下，從肩部到衣衫下擺，燈光越來越小，就像被吸進黑洞一般，最終完全消失了。

「簡直就像是一場玩笑。回家路上，那群夜梟還在叫個不停——那位老者……老爺子？想必也嚇得不輕吧。再怎麼說，誰都沒想到在這個下著雨的晚上，還有女眷在外面……實在太嚇人了，他想必也在心裡向神佛禱告吧？托觀世音菩薩的福，我們都平安無事了。……冷汗都要掉下來了。」

車子在山路上疾馳。

「觀世音菩薩——是男性呢，還是女性呢？」

話音剛落，侄女這樣說道：「看上去是雌雄莫辨、風姿綽約的女性形象呢。」

侄女從不缺席每月淺草寺的茶湯日，眼看三年的心願就要還滿了。就是這樣的她卻如此說道。

「真是的，當真如此嗎，夫君？」

「這個嘛，嗯，誰知道呢……」

此時，雨也恰好停了。旅館門前的柱子泛著潮濕綠葉的青色，門口的杜鵑花也開得正豔。眾人下車，一起走進旅館。

糸七對到門口迎客的老闆說：「夜遊的洋傘們歸來了——啊，熊澤先生，剛剛那句也請替我告訴給修禪寺裡那位大和尚吧。」

天狗火，或者是魔燈——不，這裡只是因為偶然在雨夜的田邊見到了大得離譜的燈籠，才順便提了一下，並不是刻意要講與妖怪相關的事情。反倒是之後偶然在某個場合，得知了那只是普通的成像現象，因此還是先讓糸七和讀者一同放下心來吧。

說是做學問似乎有點太過死板，因為不斷學習讀書是理所當然的事情——日後在拜讀紀州某位著名的學者南方熊楠氏的隨筆時，其中有一章名為「關於燈籠」，講的便是紀州田邊名叫糸川恒太夫的老人，在人到中年之前，每年秋末都要周遊附近的村子行商……某天夜裡，他在新鹿村的碼頭落腳。那碼頭的上游有個被稱為淺谷的地方，旁邊與之平行的則是二木嶋、片村、曾根以及綿延不斷的溪谷。被夾在兩條山谷中間的，就是自古所謂的「天狗道」，是為眾人所懼的險峻山路。糸川老人投宿於新鹿村的那晚，恰逢足以摧折樹木、掀翻屋頂的狂風暴雨來襲。開旅館的老夫婦和客人一起，抱著吱呀作響、瑟瑟發抖的柱子，躲在天井下方僅剩的一塊三疊大小、能夠擋雨的木板下面——聽到這裡，不禁令人感歎「果然是熊野的偏僻鄉下啊」，真是出乎意料的悲慘情狀。然而此時卻還另有一人要出場，那便是老夫婦的外甥。他家住同郡的羽鳥，受到住在茶木原的表弟邀請，脫光衣服繫緊腰帶，打起精神跨過兩條河來探望伯父伯母，據說抵達旅館時已經是深夜兩點了。聽聞這件事時，只覺得他的膽氣已經超越了人類的界限：據說在狂風暴雨肆虐的無邊夜色中，他看到那條如同要將兩條河谷吞沒的山脊之上，有大得離譜的火光二十餘點，烈烈燃燒著結隊前行。雖然知道那是同樣身處暴風雨之中的村民們結伴同行，但正因有如此景象，那條山路才會被人稱為天狗道——又或者，當真是鬼火也說不定？

而南方氏本人，前年在西牟婁郡的安都峰下、流經阪泰谷的日高丹生川邊被困時，從山間小屋來了不少人搜救他。當時人群中唯一的一盞提燈，在南方氏看來，其火光也像是數十根火炬並在一起那般大小——隨筆裡是這樣寫的。然而令人欣喜的是，隨筆接下去寫道，在《續膝栗毛・善光寺道中》[71]裡，那位彌次郎兵衛和北八，也曾在落合山口的黑暗中，聽同行的獵戶咋舌講著天狗的故事。

「什麼啊，鼻子很長嗎？那倒是現身讓我們看看啊，看我不把那長鼻子扯下來磨成粉餵鳥。」話音剛落，獵戶不小心掉在地上的火繩突然飛上了大樹頂端，此前一直只有煙頭那麼點的火星，一瞬間就變得有火把那麼大，樹葉和枝幹也都劈劈啪啪地燃燒起來。幾個人都慌張起來，在心底哭喊著：「請饒我們一命吧！」真是可笑，橡子面屋和喜多利屋

71. 《東海道中膝栗毛》的續篇。

這兩人不拘小節的程度，大概也是當代一絕吧……涕泗交流地懇求天狗大人饒命。南方氏的隨筆裡也引用了這段內容。

在不同的場合下，夜間的燈火有時似乎的確會引發不可思議的現象。幸好司機並不是獵戶，女眷們比起燈籠也更怕頭頂上長鳴不已的夜梟。跟巨大燈籠的遭遇，最終結果也還是平安無事。

但此刻要旁徵博引、高談闊論、裝模作樣地發表見識，南方氏的見聞還尚未在糸七的知識範圍內登場。

實際上，俗話說得好，無風不起浪，說鬼鬼就到——按照先人們的金玉良言，鑒於溫泉旅館那昏暗的走廊盡頭還真有人跡罕至的空曠客廳，因此逗留期間他絕口不提巨大的燈籠妖怪，回到東京以後也就什麼事都沒有了。女眷們也一樣，比起這種事情，她們更熱衷於談論從釜底火苗的方向預測明天天氣之類的話題，於是這件事也就這樣過去了。

然而第二年深秋，糸七卻在同樣的場所再次目擊了燈籠。

……就算這麼說，首先季節就不一樣，不是青蛙爭鳴的時節，而且這次同來的只有妻子。而她也在旅館休息，因此在夜色中漫步的只有系七一人。

吃完了稍有些遲來的晚餐，妻子說想先去泡個澡，而系七想等到睡前再洗澡。於是，他就趁著這段空檔出了門，向修禪寺內殿的方向走去。

「首先，第一位……晚上好。」微醉的心情十分暢快，他跟道邊指路的石碑打著招呼……

之所以心情甚好還有一個原因，他嘴裡叼著點燃的上等捲煙。當然煙捲並不是自費購買的，而是在大連的朋友捎來的禮品——如此美妙的香氣，只有一人欣賞實在是太可惜了。他把點火用的火柴丟進了路邊的小溪裡。四下靜謐，嘩啦嘩啦的水聲中，就連火柴熄滅的「嘶」的一聲都聽得清清楚楚……那座釣橋，那條三寶道——雖然也望了一眼先前將那盞燈籠吞沒的山中村落，但今夜根本沒下雨。即便如此，想試試通過今天的月亮判斷日期時，他卻發現天上也是灰濛濛一片，雖然不算昏暗，但月亮也是看不見的，更別提星星了。而且一絲風也沒有。

即使在煙霧消散之後，捲煙的香氣也還星星點點地殘留在袖口上……偶爾吸上一口，吹出的煙霧也全然沒有沉向略帶反光的田間的趨勢，而是慢吞吞地沿著板橋飄向了小河對面。

從這裡放眼望去的景致，令人難以忘懷。收割過後的稻田裡，長約二、三尺的麥梗挺立著。一片朦朧中，伸展開去的小路劃出平緩的長波浪形，在遠遠近近的樹叢間時隱時現，一直通往似乎位於無盡遠方的寺院內殿。

沿著這條田間小路望去，道路左右有著不少稻草堆。一個、兩個、三個……數著數著，小路突然被霧氣掩蓋。在濃霧中前進一段之後，小路又突地探出頭來，旁邊的稻草堆一個、兩個、三個……那些稻草堆看上去輕飄飄的——不，雖然說收穫之後割下來的稻梗的確給人很輕的感覺，但堆在一起看上去卻像有著大蓋子的石燈籠一樣，被夜色浸染著，穩重地整整齊齊排列著。被霧氣遮掩而時斷時續的道路，則像雲山霧罩中的八角木橋，無窮無盡延伸開去。

四下望去，到處都被朦朧的霧氣所籠罩。糸七神情恍惚地佇立在橋旁。站久了之後，腳邊流水的聲音像是從河底往腳邊蔓延過來一般，讓人不禁忽然覺得沒了底氣。那些稻草堆會不會突然活動起來呢？幻化成戴著斗笠的巨型狸貓，互相朝對方頷首致意，聚到一起手拉著手，有的還突然回頭，笑嘻嘻地往這邊看——若是這樣的話該怎麼辦。

但這還算是好辦的吧？聽說某些海豚群由於因緣而信奉佛法、朝拜靈山，會在山野的霧氣中暢遊而來，在一片朦朧中行列整齊地、一沉一浮地前進。那稻草堆的形狀，就像它們頭頂的冠冕一樣，看去怪有趣的。

不，雖然不是說笑，但突然想到這方面的事，也是因為在天地一色的暗夜中，迴響著靜靜的水流聲，於是讓人的心靈也不禁變得空靈起來了吧……

突然談起什麼大道理，不過說得直白點，真是傻到不行……稱不上是狐狸變形，糸七大概只是被周圍的霧海魅惑了，嗯，一定是這樣的……

糸七準備邁步離開。直到方才他都如同獨自欣賞空谷幽蘭般地吸著捲煙，此時卻把煙扔進小溪裡，望著暗夜中如同鮮紅花蕾般的煙頭，在落入水面之前就消失在霧氣中不見了蹤影。腳踩在橋上的土路面上，有一種十分柔軟的錯覺。

就在這時。提燈再次出現在曲折蜿蜒的三寶道上。

泛著白光的提燈悄然飄來。一折回到三寶道上，它幾乎就在跟上次相同的地方——從溫泉村出來拐一個彎之後，朝著內殿方向延伸而去的釣橋腳邊。

糸七停下了腳步。誰知道那燈籠會不會突然間就變得跟金剛像的巨掌那麼大了。夜間雖然有些霧氣，但畢竟沒有下雨，但那燈火飄來的角度跟上次簡直一模一樣，若是依著現學現賣的南方先生講義，這種場合應該只是偶然出現了看到鬼火的幻覺吧。

不對，那燈籠雖然乍看像是懸在霧氣當中不動，其實卻在漸漸地接近，而且到近處一看，差距大得不能再大——跟從頭到腳裹在舊蓑衣裡的老爺子根本就是兩回事。燈光下驚鴻一瞥，依稀能看見豔麗的黑色長髮，以及白皙美麗的容顏。

在這種時刻，居然有女性獨自走在夜路上。雖然讀者諸君大概能夠猜到，從之前離開旅館到現在為止，糸七連半個人影都沒遇見。那麼，只要穿越這片黑暗就能抵達村子了吧。但從他所在的地方開始，到內殿一裡多的路全都是茫茫曠野，中間也就零星散落著寥寥六、七戶人家，滿打滿算也不超過十家。在這令人不安的霧之荒野中，她到底是要到哪裡去呢？說到當地居民的人數，恐怕也就跟路邊綿延的稻草堆的個數差不多吧。而且那打扮，絕非是村子裡的女眷。

霧氣給那人影披上了一層薄紗。在那層薄薄的朦朧光圈之下，模糊的藍色透露出來，不，是淺淡的紫色。霧靄彷彿為她又多披了一層衣裳，顏色看上去卻更深沉一些。

那盞提燈就懸在女子膝蓋附近的高度，因此看不到衣角。而她的胸口一帶則由原本藏在烏雲間的月光照亮，彷彿明月是專門為此才從雲彩後面露出臉來的。

雖然越解釋就越顯得不懷好意，但那其實好像是叫腰帶襯墊的東西？[72] 在忽明忽暗的燈光映照下，一閃一閃……不，因為有霧氣掩映，因此不像飄落的花瓣或者紅葉那般，而是非常纖細鮮明、就像用墨斗畫出來的紅線一樣，那種通透感真是無法用言語形容的美。

「晚上好。」在這片無邊的靜寂中，這樣突然與人擦肩而過並打招呼，那簡直就像耳邊炸響的驚雷……似乎有點誇張了，但恐怕也會跟長鳴不止的夜梟一樣，嚇壞行路的淑

72. 在日本，盯著女性的腰帶看是很失禮的事情。

女；但若是一聲不響地走過去，大概又會被當成趕路的狸貓吧。

這種情況下，還是不要輕舉妄動比較好。

先等著那提燈變成小山那麼大再說吧。

糸七曾經到熱海泡過兩、三次溫泉，還享受了熟人店鋪裡的按摩服務。友人大概是因為自己精通養生吧，眼神特別好，因為工作緣故夜晚出門的場合也很多，因此夜晚的故事講得特別活靈活現。他所講的各種靈異故事裡，有這樣一個故事：他半夜經過水口園前的野地時，在連綿無邊的草地裡，從腳邊突然鑽出個像牛般健壯的大漢，將巨大的拳頭舉到他面前，說：「火柴有沒有。」「快住手你要什麼我都給——火柴不是就在你面前嗎？……結果其實只是在那片做隧道施工的工人，喝醉酒睡倒在野地裡而已。但那時候我真是被嚇得站都站不住，抖得跟篩糠一樣，那感覺到現在都還記得清清楚楚吶，唉。」他如此說道。

還有他到新溫泉的別莊去替人做推拿時，做完回程剛好是深夜丑時，在來宮神社的入口（溫泉開在神社後山）隧道裡，不巧碰到了來丑時參拜的女人。那女人長及肩背的黑髮披散著、臉頰尖削、面色蒼白，冒著寒風穿著似乎是浴衣的白色單衣，左手裡舉著據說是要立在頭頂的蠟燭，右手裡提著的東西則怎麼看都是鐵錘。似乎是稻草人的東西放在小箱子裡，用白布吊著，掛在胸口前一晃一晃。臉頰邊散亂的黑發就像是匍匐在蒼白皮膚上的小蛇，隨著女子的步伐搖盪著。她就像傳說中的那樣，口中銜著塗成鮮紅色的篦子，在搖曳的燭火光中看去，就像嘴一直裂到了耳朵邊，似乎還有血滴順著臉上的頭髮不斷淌下來。那身影就像要穿透漆黑的隧道頂部一般，擦肩而過時，那蒼白的裸足突然變得巨大，看上去幾乎有旅館溫泉裡的木盆那麼大，一眼看去上面似乎還結了一層霜。

「我嚇得腿都軟了，忍不住嚥了下口水。往樹上釘釘子的時候，那張蒼白的大臉估計都能擱在樹梢上了吧。」

再就是某年秋末時節，他受人之托到網代鄉下的舊莊園裡去做治療。那條山間捷徑原本是觀賞旗櫻的著名景點，如今已經被茅草掩蓋，幾乎沒有人類踏足的痕跡了。他經過伊東道新道抵達海邊的目的地，做完治療，歸途又正巧是深夜。

不知不覺已經夜裡兩點了。從離開網代的莊園起，途中他一直只聽到松風嘩嘩作響，路面上掉落的紅葉卻連動也不動。月色晴朗，海邊的礁石一眼望去，就像一塊塊的紫水晶。山間的樹林則是一片深青，他腳上草鞋的結紐似乎是掛上了霜，閃著白色的微光。

「……雖無牡丹，越後獅子[73]」……不對，不該是這樣的。若是真正有愛的話，就算是隨便一座石橋，詩句也該能信手拈來吧。山路途中，有一條細細的瀑布沿著山壁傾瀉而下，瀑布與山路交界之處是一道懸崖，上面架了一座橋。從熱海到網代之間的沿海山路，此處的景色算是一絕了。按摩師傅正走在橋上時，對面那往瀑布腳下突出的巨石上，突然傳來「咔嗟咔嗟」清脆的木屐聲。他不由得停住腳步。此時，那木屐聲毫不停歇地接近了。光靠直覺就知道，那是個年輕女人——這一念頭讓他毛骨悚然。

就連夜鳥振翅的響動都沒有一絲的深夜裡，年輕的女人在山路上走。按摩師傅想起了曾經遇到過的丑時參拜的女子。就算情況並非如此，也終究是要跟不知為何拼了命的女人狹路相逢的場合了。一想到這裡，他突然感到一股煞氣撲面而來，前進不得後退不能；而右邊是海面，左邊是深淵，只得雙手用盡力氣抓住手杖，抬頭挺胸站穩腳步，將沒有欄杆的橋面九分地方都讓出來，剩下一分留給自己，背對著道路站好，做出「請過吧」的姿態，等著美麗的過路妖魔經過身邊。似乎又過了很長時間——之前雖然感覺呯噠呯噠的木屐聲近在咫尺，但面前只有一片寂靜的月下景色，腳步聲其實是從很遠的地方傳來的，本人離這裡還有不少距離，要走過來也得花上一段時間呢。夜間的寒氣也上來了，按摩師傅聽著瀑布嘩嘩的水聲，不由自主地發起抖來。說起來也很誇張，明明這月夜中有個站在橋邊一動不動的男人，對面的姑娘你怎麼就能連腳步都不亂一下呢？最後那女子終於走到橋邊了，「到底是何方妖怪？」雖然有些聳人聽聞，但當時真的是除此之外再無其他想法，連轉一轉脖子都像是有千鈞之力阻擋一般。但他想著至少要為世間留下點情報，拼著老命轉過臉來一看，卻是讓人鬆了一口大氣，只是個中等個頭、梳著銀杏葉髮髻的年輕婦人……不，還是個姑娘呢，正當妙齡的……

「姑娘，姑娘？」他頭腦一冷靜下來，便覺得跟對方連個招呼都不打就這麼擦身而過，未免有些可惜了。「都這個時候了，一個人是要去哪裡啊？」「啊，不，我正要回網

73. 地歌《越後獅子》歌詞。

代去。」似乎是農家的姑娘幫著下田幹活，活計做完之後時間已經太晚，還要去熱海見習裁縫，於是乾脆連夜趕路回家。按摩師傅就算身材瘦削，也是個大男人，而且聽對方的口氣，還有種不似活物的感覺。「你還真是膽子不小啊，這麼晚還趕路都不害怕嗎？」「我娘跟我說，只要把簪子拔出來反手握著，女人就沒什麼好怕的。若是有什麼東西襲擊你的話，照著眼睛刺過去就好了。」啊啊，真是太危險了，她手裡還真拿著簪子啊，還好沒直接衝著眼睛刺過來，那可不是開玩笑的。就算弄清了那只是個網代的姑娘，月下那美麗的容貌和身姿，說起來還真是不似人類……講故事的按摩師傅一邊替糸七揉著肩膀，一邊對著他的背鞠了個躬。總在想那到底是觀音菩薩身邊的玉女，還是弁天大神身邊的侍女呢？按照本人說是裁縫見習的說法，大概是下凡的織女吧。

像這樣的故事有許多，不管在何種場合下，都跟其他故事裡常見的功名冒險也好、勇武勝利也罷都扯不上關係，應該說是這位熱海的按摩師傅特殊的一面吧，這種淡定倒也值得他人學習。

讓我們回到此時，糸七正在修禪寺內殿三寶道上。

朦朧的夜霧中，一位美婦的身影模模糊糊地出現在搖曳的燈火裡。

糸七立刻照搬了按摩師傅的例子，區別只有他是面朝著眼前的道路的，因此伸出去支撐身體的手杖可能會鉤到對方的衣裳。不管怎樣，他在路邊擺好了姿勢。

他後退時，有什麼東西「唰唰」地刮在背上，大概是收獲過後的茄子架吧……這麼說起來，先前撐著傘在這裡聽蛙鳴時，田埂旁邊種的應該是蠶豆……提燈已經來到了面前……與此同時，茄子架上已經乾枯的藤蔓裡，已經皺縮起來的小小紫色茄子，不停地敲打在他的眉間和耳邊，幾乎要遮住視線了。從藤蔓的間隙裡，女人走了過去。

然而，並不是只有一個人。有個中等個頭、梳著銀杏葉髮髻的女子，沒準只是因為聽了按摩師傅的故事而產生的幻覺，而另一人的身材則苗條高挑，而且氣質高雅，有一種姿態威嚴的感覺。

兩人前進的方向並非山口已經一片黑暗的村落，而是在拐彎處走上了通往內殿的橋，然後沿著那條蜿蜒曲折、兩邊排列著不計其數的稻草堆的小路走了下去。

在釣橋邊好像還是提在左手裡的燈籠，一瞥之下似乎是在經過糸七面前時，不知什麼時候換了一隻手提，現在正在右手的衣抉旁閃爍著。

那抹紅色一直不肯消散，反而閃閃爍爍，變得更加鮮豔了，原來是兩隻翅膀交疊的紅蜻蜓。那形狀搖擺不定，時沉時浮，到底是真正的紅蜻蜓呢，還是提燈上的花紋呢，一眼看去實在難以分辨，但其姿態實在十分鮮明。燈籠壁上似乎沾染了夜霧，下面掛著的白色流蘇也隨風飄動，發出輕微的響聲。兩條紅色的光帶穿過濕潤的霧氣，帶出薄薄的桃色光暈，在夜路上越走越遠。

——原刊於《文藝春秋》一九三九（昭和十四年）年11月號

幼年記憶（代跋）

說到對他人的印象，首先浮現在腦海中的就是小時候，尚自天真無邪的眼眸中倒映出的眾人。

隨著年紀漸長，這樣的經歷也就越來越少。就算有，也不再是像年少時那樣單純，那時我們對萬物都充滿憧憬，就算是毫無關係的事物也能永久留存在記憶裡。現在，即便說有無法忘卻的人，也是因為有各種各樣複雜的原因和動機。

從這般角度看來，我認為少年時代的目光，是最為純粹、毫無雜質，而且極為柔軟的。映入視線的事物不管多麼渺小，其印象都會長時間留存在記憶中。隨著年紀增長，人們的目光也變得乾涸，並且帶上了堅硬的殼子。若非受到異常強烈的刺激，在記憶中是不會留下任何痕跡的。

那麼，我就來講講自己從那樣的幼年時期開始，直至今日都無法忘懷的一名女子的故事吧。

那是在去往某處的途中，但目的地我卻並不清楚。我只記得自己是被母親帶著坐上船的。那時候我還不懂這交通工具是什麼，現在想起來應該是船。不是火車，確實是船才對。那大概是我五歲左右的時候，記憶中似乎還有用手指去捏母親柔軟乳房的片段。因為畢竟是幼年時的回憶，很多細節都記得並不清楚，只依稀記得秋日淡淡的陽光反射在白色的水面上，亮晃晃地閃個不停。至於那水面究竟是河，是海，還是湖呢？如今的我已經沒法說得清楚。總之，當時是在水面上。我的身旁還有許許多多的人。母親跟那些人不停地說著話。我被母親抱在膝頭，像是看什麼稀奇物事一般，目不轉睛地盯著母親不停動彈的嘴唇。那時，我正用右手指戳著母親的乳房，卻突然像是聽到了什麼少有聽聞的事情，或是看見了什麼平時罕見的東西，從直到方才都全神貫注地盯著的胸脯上挪開視線，仰起那雙天真澄澈的眸子，想要對之一探究竟。

於是，我偶然看見，在人群中有位年紀輕輕、非常美麗的女子。而渴求稀奇景象的我，不帶一點羞澀，毫不退縮地直視著那位在幼小的我眼中顯得異常突出的女子。

那時，我還不懂得判斷。現在想來，那女子大概十七、八歲左右，膚色白皙，眉如新月，長著一張瓜子臉。

即便如今回憶起來，也覺得是個美人兒。

她身上穿著華麗的友禪縐紗的和服。雖然記憶告訴我，她當時有十七歲，但如果真到了那個年紀，應該不會穿那麼鮮豔的衣服吧？所以或許其實是十二、三歲，最多十四、五歲吧。

總之，那身縐紗的友禪綢，在當時的我眼裡，簡直是難以言說的美麗。秋日的微光照在布面上，感覺就像有層朦朦朧朧的煙霧一樣搖曳不定。

女子雖然容姿端麗，表情卻相當寂寞，不知為何有種消沉之感。其他人都在熱熱鬧鬧地談笑著，只有她一人被排除在外，獨自坐在角落裡，似乎也沒在聽其他人講話，只是帶著沉思的神情，時而望著水面，時而望著天空。

我看到她的神情，不知為何覺得有些同情。為什麼其他人要將她排除在外呢？我想不明白，覺得只要有人去跟她搭句話就好了嘛。

我從母親的膝頭上爬下去，走到那女子面前等著，心想她應該會跟我說話吧。

但女子什麼也沒有說，反倒是她旁邊坐著的老婆婆摸了摸我的頭，將我抱了起來。

我不禁鬧起了脾氣，大聲哭了起來。於是立刻就被交還到母親手裡了。

就算回到母親膝頭，我也還是很在意那女子的事，不停地轉頭去看她。她依舊臉色沉鬱地坐在原處，漫無目的地轉動著眼珠。那表情真的十分寂寞。

之後，我似乎是睡著了，記憶也就此中斷，不知後來到底怎麼樣了。

很長一段時間裡，我都沒有再想起這件事。直到十二、三歲的時候，在一個同樣的秋日傍晚，跟其他孩子在外邊遊戲時，突然回憶起了這件事情，就像想起了一個很久之前的夢境。

那時的我回憶起當時的場景和女子的容貌，就彷彿昨天才看見一般歷歷在目。那真是實際發生過的事情嗎？還是我出生之前在母腹之中看到的場景？又或者只是幼年時做過的一個夢，不小心因為某種契機又想了起來？我實在是無法判斷，時至今日也依然如此。或許真的只是一場夢而已，但我卻有親眼所見的實感。無論是當時的幻境，還是女子的面容，我都像親眼見過一般，即使是現在也能清清楚楚地在眼前描繪出來。那應該就是實際發生過的沒錯吧？這一切究竟是夢境還是生前所見，抑或是當真親身經歷？

假如人世間有所謂前世牽絆、或像佛經說的有「因緣」的話，我和那位女子之間，大概生來就有著難以切斷的因緣吧。

在那之後，即便我走在路上，一旦看到有人長得有點像那時偶然在我記憶中留下身姿的女子，就會心頭悸動不安地期待著，難道是——若我真的見過那位女子的話，雖然不知還要等多久，或許是十年二十年也說不定——總之我有種感覺，一定會和她再次在某處相遇。一定會再見的——我如此確信著。

——原刊於《新文壇》第7卷第2號，一九一二（明治45年）年4月

高談文化 | 華滋出版 | 拾筆客 | 九韻文化 | 信實文化 |
CULTUSPEAK PUBLISHING CO., LTD

追蹤更多書籍分享、活動訊息，請上網搜尋 拾筆客

What's Words

三生煙火，換一紙迷離：泉鏡花的幻想小說選集

作　　者：泉鏡花
譯　　者：王俊、周覓
封面設計：曹雲淇
總 編 輯：許汝紘
編　　輯：孫中文
美術編輯：曹雲淇
總　　監：黃可家
發　　行：許麗雪
出版單位：九韵文化
發行公司：高談文化出版事業有限公司
地　　址：新北市汐止區新台五路一段99號15樓之5
電　　話：+886-2-2697-1391
傳　　真：+886-2-3393-0564
官方網站：www.cultuspeak.com.tw
客服信箱：service@cultuspeak.com
投稿信箱：news@cultuspeak.com

印　　刷：上海印刷股份有限公司
總 經 銷：聯合發行股份有限公司
香港經銷商：香港聯合書刊物流有限公司

本書譯文由上海萬語文化藝術有限公司、上海萬墨軒圖書有限公司，
獨家授權高談文化出版事業（原信實文化行銷）有限公司出版使用。

2019 年 6 月 初版
定價：新台幣 420 元

國家圖書館出版品預行編目（CIP）資料

三生煙火,換一紙迷離：泉鏡花的幻想小說選集／泉鏡花著；王俊, 周覓譯. -- 初版. -- 新北市：高談文化, 2019.06
面；　公分. -- (What's words)

ISBN 978-986-7101-96-9(平裝)

861.57　　108006143